Liebe, Jazz & Milchkaffee

Von Susanne Kammerer

Buchbeschreibung:

Das darf doch wohl nicht wahr sein! Bei dem missglückten Fluchtversuch vom Balkon ihres Ex-Mannes, eilt Thea ein attraktiver Mann samt Hund zur Hilfe. Ausgerechnet ihm läuft sie danach immer wieder über den Weg und tritt dabei von einem Fettnäpfchen ins nächste.

Nachdem sie auch noch ihren Job verliert, wagt es Thea, ihren Traum vom eigenen Café zu verwirklichen. Außerdem hat ihr der Balkonretter gehörig den Kopf verdreht. Alles in ihrem Leben scheint sich endlich zum Guten zu wenden. Doch plötzlich will ihr Ex wieder in ihrem Leben mitmischen und das heillose Durcheinander gefährdet Theas neues Glück.

Liebe, Jazz & Milchkaffee

Von Susanne Kammerer

1. Auflage, 2021

Copyright © 2021 Susanne Kammerer

Lektorat: Carina Rogaschewski, Wortverzierer
Korrektorat: Smilla Felgemacher, Wortverzierer
https://wortverzierer.de/

Herstellung und Verlag:
BoD- Books on Demand, Norderstedt
ISBN: 9783755735229

©Covergestaltung: Torsten Sohrmann
www.buch-gewand.de

Grafiken/Fotos:

depositphotos.com: © inna73, © Dazdraperma, © 404045, ©
flowerstock, © mart_m, © Luchioly, © leo_design
stock.adobe.com: © Galina's Tales, © 123creative, © VIKTOR

♫ A Man and a Woman ♫

Ella Fitzgerald

Der Raum drehte sich und kleine Sterne tanzten vor Theas Augen. Beinahe hätte sie laut nach Luft geschnappt. Passierte das eben wirklich? Wie konnte es sein, dass sie mit ihrem Ex-Mann gerade den besten Sex ihres Lebens gehabt hatte? In all den Jahren, in denen sie verheiratet und einander treu ergeben gewesen waren, hatten sie es nicht geschafft, einander dermaßen um den Verstand zu vögeln. Thea spürte, wie ihre Wangen heiß wurden. Ihr Blick huschte hinüber zu Gustav, der sich wohlig seufzend zurück auf sein Kissen sinken ließ. Er rieb sich über die Stirn, grinste und musterte ungeniert ihren nackten Körper.

»Ich liebe deine Kurven, Thea« hauchte er. Dabei glitten seine Fingerspitzen zärtlich über ihre Brüste und die Härchen auf ihren Armen stellten sich auf. Immer noch wollte sie nicht begreifen, wie er plötzlich solche Gefühle in ihr wach rufen konnte.

»Das eben, das war einfach …« Gustav suchte nach den richtigen Worten. Anscheinend ging es ihm genau wie Thea. Auch er war regelrecht verwirrt. »Es war der helle Wahnsinn! Ich kann nicht glauben, dass wir miteinander geschlafen haben. Vor allem wie! Warum haben wir das früher so nicht geschafft?« Ein herausforderndes Lächeln umspielte seine Lippen.

Betont lässig zuckte sie die Schultern. »Wer weiß? Vielleicht liegt der Reiz im Verbotenen?«

Wie damals bei dir, hätte sie am liebsten sagen wollen, verkniff es sich jedoch. Sie wollte diesen Moment nicht kaputt machen.

Sein vertrauter Duft stieg ihr in die Nase. Ihr stockte der Atem, als seine Hände ihren Bauch berührten und ihr Unterleib schon wieder unanständige Ideen entwickelte. Dieses Verlangen, dieser Hunger nach Sex überraschte sie. Seit der Trennung von Gustav hatte es keinen Mann mehr in ihrem Leben gegeben. Das war nun fast drei Jahre her. Ihr war nicht klar gewesen, wie sehr sie die körperliche Nähe zu einem anderen Menschen vermisst hatte. Für einen kurzen Augenblick war sie versucht, ihn erneut zu küssen und ihre Zunge auf Erkundungstour zu schicken.

Nein! Das hier war einfach nicht richtig! Es fühlte sich falsch an und doch irgendwie gut. Sie spürte in sich hinein. Handelte es sich nur um Rache an Natascha, die sich Gustav damals ohne Skrupel gekrallt hatte? Nein, Thea hegte keinerlei Groll mehr gegen sie und auch Gustav gegenüber verspürte sie keine Wut mehr. Sonst hätte sie wohl kaum mit ihm geschlafen.

Für einen kurzen Moment kämpfte ihr Gewissen gegen das leidenschaftliche Verlangen an, das erneut in ihr aufflammte und verlor. Sie senkte ihren Blick auf seinen Mund und küsste ihn lange und innig. Ihr Herzschlag geriet aus dem Takt und sie genoss seine zielstrebigen Finger, die ihr überall dort, wohin sie vordrangen, überaus willkommen waren. Thea ließ sich fallen und ein weiteres Mal von Gustav verwöhnen.

Wenig später lag er auf dem Rücken und hatte einen seiner Arme unter ihren Kopf geschoben. Geistesabwesend spielte er mit ihren Locken. »Manchmal frage ich mich, warum wir uns überhaupt getrennt haben«, flüsterte er.

Thea rieb sich die Stirn, setzte sich auf und straffte die Schultern. »Das ist jetzt aber nicht dein Ernst, oder?« Jeder Muskel ihres Körpers verspannte sich. Ihre Stimme klang mehr genervt als verärgert. »Das hättest du dir besser vor drei Jahren überlegen sollen.«

Sein Grinsen verrutschte ein wenig, doch sein Blick blieb voller Wärme auf sie gerichtet. »Darüber habe ich oft nachgedacht, glaub mir. Vielleicht wird mir jetzt erst klar, was ich an dir hatte.«

Sie biss sich auf die Zunge und starrte konzentriert auf die Wand gegenüber. Ungläubig schüttelte sie den Kopf und musste gegen ihren Willen lachen. »Gustav, es war wirklich schön mit dir. Aber gerade habe ich absolut keine Lust, in irgendwelchen sentimentalen Erinnerungen zu schwelgen.«

Gustav zog sie an sich und küsste sie behutsam auf die Schläfe. »Ganz wie du willst.« Mehr sagte er nicht. Aber er lächelte und mit genau diesem Lächeln hatte er sie schon damals herumgekriegt.

Verdammt! Nach dem Glas Wein vorhin hätte sie einfach gehen sollen. Aber nein, Thea Baumann hatte sich mit ihrem Ex durch dessen Laken wühlen müssen. Noch einmal schlang sie genüsslich ihre Beine um die Hüften des Mannes, der einst ihre große Liebe gewesen war, nun jedoch einer anderen gehörte. Schließlich stand sie auf.

»Du willst doch nicht schon gehen, oder? Wir haben noch ein wenig Zeit und die will ich auf jeden Fall nutzen.« Verlegen räusperte er sich und musterte sie vorsichtig aus den Augenwinkeln.

Auf dem Nachttisch flackerte eine Kerze und im Hintergrund spielte leise die Art von Jazzmusik, die Gustav früher immer verabscheut hatte. Thea musste schmunzeln. Er war einfach der geborene Verführer.

»Bleib, Thea. Bitte.«

Sie schloss die Augen, weil sie den flehenden Klang in seiner Stimme nicht hören wollte. »Ich muss pinkeln und wenn ich wiederkomme, sollten wir uns ernsthaft unterhalten.«

»Das klingt nach einem guten Plan«, meinte er zufrieden und schenkte ihr ein anzügliches Grinsen.

»Nicht das, was du schon wieder denkst!«, sagte sie lachend und verdrehte dabei die Augen. Behutsam zog sie die Tür hinter sich zu und tapste über den kuscheligen weißen Teppich im Flur hinüber ins Badezimmer. Dort blickte ihr eine vorwurfsvolle Thea entgegen. Die blonden Locken standen wild von ihrem Kopf ab.

»Halt bloß die Klappe!« ermahnte sie ihr Spiegelbild.

Peinlich berührt stöhnte sie auf und ließ ihren Kopf gegen die kühlen Fliesen sinken. Wie vom Donner gerührt, stand sie in dem riesigen Badezimmer. Ihr Blick glitt von den unzähligen Tiegeln einer exklusiven Kosmetikmarke auf der Ablage hinüber zu der riesigen freistehenden Badewanne, von der aus man in den Garten blicken konnte. Natascha hatte einen guten Geschmack, was Inneneinrichtung anging. Das musste sie ihr lassen.

Wehmütig dachte sie an ihr Haus, in dem sie früher mit Gustav und Jule gewohnt hatte. Es war gemütlich gewesen, mit viel Holz und wenig Schnickschnack, dafür mit einem großen Garten mit alten Obstbäumen. Aber allein hatte sie sich die Miete dafür nicht mehr leisten können und als ihre Tochter Jule auszog, um in Hamburg zu studieren, hatte sie sich nach einer anderen Bleibe umgesehen und dabei Annegret kennengelernt, in deren Einliegerwohnung sie nun lebte. Dafür war sie dankbar. Denn in der älteren Dame hatte sie eine gute Freundin und Vertraute gefunden. Außerdem war Annegret ein Mensch, den man einfach lieben musste. Wie oft schon hatte sie bei ihr Trost gefunden oder einen Tritt in den Hintern, wenn sie zu sehr in Selbstmitleid versank?

Ihre Gedanken wanderten zurück zu Gustav. Heute wäre ihr Hochzeitstag gewesen. In den ersten Jahren ihrer Ehe hatte sich Thea für diesen Tag immer etwas Besonderes einfallen lassen. Manchmal war sie mit ihm einfach in eine andere Stadt gefahren oder hatte ihn zum Abendessen in ein teures Restaurant eingeladen. Sie wusste, wie sehr sein verwöhnter Gaumen diesen Luxus genoss. Einmal hatte sie sogar einen Stern nach Gustav benennen lassen. Wie sehr sie ihn geliebt hatte! Oder tat sie das immer noch?

Zu ihrer eigenen Überraschung konnte sie sich darauf keine zufriedenstellende Antwort geben. Ausgerechnet heute hatte sie ihn vor ihrem Lieblingsbuchladen *Connys Bücherecke* treffen müssen. Wegen Jule hatten sie sich immer um einen respektvollen Umgang miteinander bemüht. Thea wollte nicht, dass Jule ein schlechtes Gewissen haben musste, wenn sie ihren Vater besuchte. Deshalb achtete sie darauf, in der Gegenwart ihrer Tochter nicht schlecht über Gustav zu sprechen. Meistens war ihr das gut gelungen.

Thea hatte deshalb sein »Hey, schön dich zu sehen!« am Nachmittag zuerst als eine abgedroschene Höflichkeitsfloskel abgetan. Doch das weitere Gespräch zwischen ihnen hatte sich als ziemlich lustig entpuppt und es wurde mehr daraus als nur der übliche Smalltalk. Das hatte sie ziemlich aus dem Konzept gebracht und sie hatte sich auf ein Glas Wein bei ihm zu Hause überreden lassen. Natascha, seine Frau, war angeblich mit einer Freundin unterwegs und würde erst spät am Abend zurückkommen. Eigentlich hatte sie sich geschworen, niemals auch nur einen Fuß in dieses Haus zu setzen. Aber warum sollte sie nicht freundschaftlich ein Gläschen Wein mit ihrem Ex dort trinken? Und ein wenig neugierig war sie schon. Wie er wohl so lebte?

Zuerst hatten sie ungezwungen über die guten alten Zeiten gequatscht, sich an ihre früheren Hochzeitstage erinnert und irgendwie hatte das eine zum anderen geführt. Die Kombination aus Alkohol und seiner Gesellschaft löste ein warmes Gefühl in ihr aus und ehe sie sich versah, hatte er Ella Fitzgerald aufgelegt und sie zum Tanzen aufgefordert. *A Man and a Woman.* Dabei hatte er sich früher immer über ihren Musikgeschmack amüsiert. Schließlich war ihr der schwarze Schlabberpulli von den Schultern gerutscht. Das war der Moment gewesen, als sich in Gustavs Blick eine Mischung aus Verwirrung und Sehnsucht stahl. Sein Adamsapfel hüpfte und sie konnte spüren, dass sein Herz genauso heftig klopfte wie ihr eigenes. Plötzlich spürte sie seinen Atem im Nacken und sanfte, vorsichtige Küsse, die er auf ihre Haut hauchte. Unwillkürlich schmiegte sie sich noch näher an ihn.

Irgendwann waren sie oben im Schlafzimmer gelandet. Nachdem Thea die kurze Phase schlechten Gewissens Natascha gegenüber hinter sich gelassen hatte, wurde sie von einer völlig überraschenden Leidenschaft ergriffen. Gustavs kehliges Stöhnen sandte ihr wohlige Schauer über den Rücken und sie schob die Gedanken an mögliche Konsequenzen einfach beiseite.

Thea drückte die Toilettenspülung und hielt kurz inne, um tief Luft zu holen. Sie wusch sich die Hände und spritzte sich ein paar kühle Tropfen Wasser ins Gesicht. Auf dem Weg zurück ins Schlafzimmer fiel ihr Blick auf die Bilder im Flur. Natascha war eine begabte Hobbymalerin, die sich auf Aktzeichnungen spezialisiert hatte. Ob er ihr damals schon Modell gestanden hatte, als sie noch seine Angestellte gewesen war?

Schnell schob sie diesen Gedanken beiseite und ging zu Gustav ins Schlafzimmer.

Verlegen kratzte er sich am Hinterkopf und warf ihr einen vielsagenden Blick zu. Thea ging hinüber zu dem bodentiefen Fenster, das hinaus auf den Balkon führte. Auf einmal stand Gustav hinter ihr. Sie spürte die Wärme seines nackten Körpers deutlich, ebenso seine erneute Erektion an ihrem Hinterteil. Sie wandte sich um.

Er strich ihr eine widerspenstige Locke aus dem Gesicht.

»Dir ist doch klar, dass das hier ein einmaliges Vergnügen zwischen uns war, oder?« Thea war ein Fan von klaren Verhältnissen.

»Ich finde, wir könnten das ruhig zur Gewohnheit werden lassen«, meinte er amüsiert und zog anzüglich seine Augenbrauen nach oben.

Sie schüttelte den Kopf, verschränkte lächelnd die Arme vor ihrer Brust und versuchte sein bestes Stück, das sich durch ihre Worte nicht aus der Ruhe bringen ließ, zu ignorieren. Das war typisch Gustav. Aber genossen hatte sie den Sex auch, das musste sie zugeben.

»Das geht nicht und das weißt du auch.« Sie schaute ihm direkt ins Gesicht. Ihr Blick war herausfordernd. »Schließlich bist du ein verheirateter Mann.«

Irgendwie mochte sie das Gefühl, dass sie und ihr Ex ein Geheimnis miteinander teilten. Gleichzeitig barg die Situation eine gewisse Komik und Thea musste lachen.

»So entspannt habe ich dich seit Ewigkeiten nicht mehr erlebt.« Gustavs Lächeln strahlte vor aufrichtiger Freude und für einen kurzen Moment kribbelte es angenehm in ihrem Bauch. Gustav wollte sie küssen. Doch Thea zog sich zurück.

»Darling! Ich bin wieder da!« Unten fiel die Haustür ins Schloss.

Natascha!

»Verflucht! Was will die denn schon hier? Oh Gott, Thea! Du musst sofort von hier verschwinden!« Die Panik in seiner Stimme war nicht zu überhören.

Gustav hatte recht. Sie wollte keinesfalls von seiner Frau erwischt werden.

Er riss die Schlafzimmertür auf. »Hallo, mein Liebling! Was für eine Überraschung!«, plärrte er nach unten. »Mit dir habe ich gar nicht so früh gerechnet! Mach uns doch schon mal eine Flasche Wein auf, ich komme gleich zu dir! Ich wollte gerade unter die Dusche!«

Hastig schlüpfte Thea in ihre Unterwäsche und bemühte sich, keinen Laut von sich zu geben. Gustav warf ihr Hose und Pulli entgegen, die er ihr nur wenige Stunden zuvor leidenschaftlich vom Körper gerissen hatte. Gerade wollte sie sich ihre Klamotten überstreifen, als er an ihr vorbeirauschte und zum Fenster hinausspähte.

»Dafür ist keine Zeit. Du kannst über den Balkon, ist nicht tief. Am besten ziehst du dich gleich draußen an.« Hektisch öffnete er die Tür und schob sie hinaus. »Beeil dich! Ich lenke Natascha ab.« Gustav hauchte ihr noch einen schnellen Kuss auf die Wange und hatte sie sogleich ausgesperrt.

Na toll! Ihre Handtasche lag noch unter seinem Bett!

Selbst Schuld, Thealein. Was musst du auch mit deinem Ex in die Kiste steigen!

14

Und wenn Natascha die Handtasche fand? Aber das sollte nicht ihr Problem sein. Kühn warf sie ihre Schuhe nach unten. Es war tatsächlich nicht hoch. Mit einem Sprung müsste das zu schaffen sein. Hoffentlich beobachtete sie kein neugieriger Nachbar bei diesem filmreifen Fluchtversuch. Schnell warf sie sich ihren Pullover über und zwängte sich in ihre Jeans, die leider verdammt eng saß. Ein bisschen mulmig war ihr schon, als sie noch einmal nach unten blickte. Schließlich war sie nicht die Sportlichste.

Thea atmete einmal tief durch, stieg über das Geländer und wollte sich vorsichtig nach unten gleiten lassen. Dabei rutschte sie unglücklich ab, verlor den Halt und landete unsanft in etwas sehr stacheligem. Oh nein! Ausgerechnet Nataschas Rosenbeet! Verflucht, das tat weh! Sie schrie kurz auf, hielt sich jedoch sofort die Hand vor den Mund, als in der Küche das Licht anging und jemand auf die Terrasse hinaustrat.

»Hallo? Ist da jemand?«

Die Stimme gehörte zu Natascha und nun schlich sich doch so etwas wie ein schlechtes Gewissen in Theas Hinterkopf. Schnell duckte sie sich zur Seite und wünschte sich unsichtbar.

»Komm wieder rein, Liebling. Das war bestimmt nur ein Hund oder so. Lass uns endlich ein Gläschen Wein zusammen trinken und dann erzählst du mir von deinem Tag.« Gustavs Stimme klang beruhigend und zugleich verführerisch.

Natürlich ließ sich Natascha von ihm um den Finger wickeln und folgte ihm wieder nach drinnen.

Ein Hund! Dem würde sie das nächste Mal was erzählen. So ein Idiot! Sollte sie nun lachen oder weinen? Welch Ironie des Schicksals. Die ehemals betrogene Ehefrau flüchtete halbnackt über den Balkon, um ihrem Ex-Mann den Arsch zu retten. Thea unterdrückte einen weiteren Fluch, als sie feststellte, dass nicht nur ihr Lieblingspulli mit den Dornen zu kämpfen hatte, sondern sich auch noch ihre Haare darin verheddert hatten.

♫ You Stepped Out of a Dream ♫

Sarah Vaughan

»Jetzt komm schon, Kurt! Beweg deinen müden Hintern endlich runter von der Couch! Eine Runde an der frischen Luft wird uns beiden bestimmt gut tun.«

Antons Bernhardiner öffnete langsam seine Augen und legte den Kopf schräg, ganz so, als müsse er zuerst überlegen, ob die ganze Mühe sich auch lohnte. Doch schließlich wuchtete er seinen massigen Hundekörper vom Sofa und trottete hinaus in den Flur, wo seine Leine und die Leckerlis lagen.

Zufrieden nickte Anton. »Na also, geht doch.«

Einige Minuten später waren sich Hund und Herrchen jedoch nicht einig, wo es denn nun hingehen sollte. Eigentlich hatte Anton vorgehabt, hinunter ans Wasser zu gehen und den beleuchteten Weg an der Donau entlang zu laufen. Doch Kurt schien andere Pläne zu haben. Beharrlich zog er Anton in die entgegengesetzte Richtung. Dieser Dickschädel! Das hatte er seiner Schwester und ihren Kindern zu verdanken. Die ließen ihm viel zu viel durchgehen, wenn sie auf Kurt aufpassten. Anton gab sich geschlagen und ließ dem Vierbeiner seinen Willen.

Kurt war ein guter Hund, auch wenn er manchmal ordentlich Flausen im Kopf und eine Vorliebe für teure

Schuhe hatte. Das war damals Antons Glück gewesen. Sonst wäre Kurt heute nicht an seiner Seite. Nachdem das zweite Paar ihrer Manolo Blahniks Kurt zum Opfer gefallen war, hatte seine Ex-Frau endlich nachgegeben und ihm freiwillig den Hund überlassen, den sie Anton eigentlich vorenthalten wollte, um ihm eins auszuwischen. Denn sie wusste genau, wie viel Kurt ihm bedeutete. Doch zum Glück hatte ihre Liebe zu den kostspieligen Schuhen über die zum Hund gesiegt, da hatte der Bernhardiner noch so treuherzig dreinschauen können. Anton war unendlich froh darüber gewesen. Er erinnerte sich noch genau an seinen eigenen, entsetzten Blick, als Katja Kurt damals als Welpen angeschleppt hatte. Früher hatte er sich nie für einen Hundefan gehalten. Doch es dauerte nicht lange, bis Kurt sein Herz erobert hatte und Katja das Interesse verlor. Sein Hundegeruch und auch die Sabberflecken im ganzen Haus störten sie. Also übernahm Anton die Verantwortung für Kurt, ging mit ihm zur Hundeschule und wenn er bei der Arbeit war, passte seine Schwester auf den Welpen auf. Vermutlich hätte er damals schon bemerken müssen, dass Katja nicht die richtige Frau für ihn war. Er hätte sich eine Menge Kummer erspart.

Anton schüttelte den Kopf. Auf eine gedankliche Reise in die Vergangenheit hatte er nun wirklich keine Lust. Also lenkte er seine gesamte Konzentration wieder zurück zu Kurt und ihrem gemeinsamen Spaziergang. Sein Hund trabte gemütlich vor ihm her, schnüffelte ausgiebig und interessiert am Wegrand und als sie in eine Wohnsiedlung kamen, in die sie sich zuvor noch nie verirrt hatten, spitzte Kurt wachsam die Ohren.

»So ein verdammter Mist!« fluchte da jemand immer wieder aufs Neue.

Als ein Rascheln aus dem Garten vor ihnen drang, riss Kurt sich plötzlich von Anton los und lief in die Richtung, aus der die verzweifelte Stimme kam. Vorsichtig spähte Anton über die Hecke, die zum Glück nicht besonders hoch war.

Das durfte doch nicht wahr sein! Der Bernhardiner leckte einer Frau, die im Gebüsch hockte, über das Gesicht. Eigentlich hatte Anton mit einem angewiderten oder erschrockenen Aufschrei gerechnet. Doch zu seiner Überraschung blieb das aus. Fast zärtlich klang die Fremde, als sie mit Kurt redete: »Hey, wer bist du denn? Du bist ja ein Hübscher!«

Das war ja klar! Innerhalb einer Minute hatte er die Frau um den Finger gewickelt. Allerdings fragte sich Anton, was sie dort in den Rosen zu suchen hatte. Das musste doch höllisch piksen.

»Kurt!« rief er. »Nun komm schon her!«

Doch der dachte überhaupt nicht daran, seinem Kommando zu gehorchen. Stattdessen ließ er sich neben die

Rosenfrau plumpsen und sah sie mit seinen großen treuherzigen Hundeaugen an. Da fiel ihr Blick auf ihn.

»Hey, Sie da! Sie müssen mir helfen! Bitte! Ich hänge hier fest!« Ihre Stimme klang frustriert und leicht panisch.

Misstrauisch runzelte er die Stirn. Doch schließlich stieg er über eine der Lorbeerpflanzen, die nicht besonders hoch war. Direkt vor der Unbekannten blieb er stehen und verschränkte die Arme vor der Brust.

Ihre blonden Locken hatten sich in den Dornen verheddert und auch der Pullover, den sie trug, hatte sich darin verhakt. Außerdem trug sie keine Schuhe. Die lagen weiter vorne auf dem Rasen. Hoffentlich verhalf er jetzt keiner Einbrecherin zur Flucht. Doch sie tat ihm ehrlich leid, wie sie hier so mit den Rosen kämpfte, und außerdem fror sie bestimmt. Es war ziemlich kühl an diesem Abend und sie trug keine Jacke.

»Also was ist jetzt? Helfen Sie mir endlich?« Ihr Blick war herausfordernd. »Ich würde ja Ihren Hund fragen. Aber der sieht im Moment nicht besonders motiviert aus.«

Lächelnd zuckte Anton die Schultern. »Jedenfalls scheint er sie zu mögen. Bei Fremden ist er sonst eher zurückhaltend.«

Sein Handy brummte, er fischte es aus der Tasche und drückte das Gespräch weg. Doris würde er später zurückrufen.

»Normalerweise würde ich mich über das Kompliment wirklich freuen. Aber könnten Sie mir bitte endlich helfen?«

flehte sie und deutete auf das Haus. »Es wäre gut, wenn hier niemand etwas davon mitbekommt.«

»Was haben Sie hier überhaupt verloren? Was ist, wenn ich Sie befreie und dann feststelle, dass Sie in Wahrheit eine verrückte Stalkerin sind oder so?« Diesen Eindruck hatte Anton zwar nicht, aber wissen konnte man ja nie. Die entsetzte Miene, die Veränderung ihrer Gesichtsfarbe von kalkweiß zu feuerrot, und die Art, wie sie ehrlich empört nach Luft schnappte, ließen auch den kleinsten Zweifel verschwinden.

»Also schön. Ich helfe Ihnen aus der Klemme. Aber dafür schulden Sie mir einen Kaffee und eine Erklärung, warum Sie hier in den Rosen festsitzen.«

»Mal sehen«, murrte sie, als er die ersten Locken befreite und dabei ein paar Strähnen dem Strauch zum Opfer fielen. »Aua! Passen Sie doch auf!«

Anton schnitt eine Grimasse. »Sie könnten sich ruhig ein wenig dankbarer zeigen.« Er wischte sich die feuchten Hände an seiner Jeans ab. »Den Pulli bekomme ich nicht los. Der Stoff hat sich zu stark verheddert.« Er atmete tief durch. »Ich fürchte, Sie müssen ihn ausziehen, sonst können Sie das Teil vergessen.«

Eigentlich hatte er mit Protest ihrerseits gerechnet. Doch ehe er sich versah, schlüpfte sie vorsichtig aus ihrem Oberteil. Schließlich stand sie mit halbnacktem Oberkörper direkt vor ihm. Sein Blick wanderte über ihren dunkelblauen BH mit verführerischer Spitze am Ansatz. Antons amüsiertes Lächeln von vorhin war schlagartig wie weggeblasen und wurde abgelöst von einem Gefühl in seiner Bauchgegend, das er nicht so recht einordnen konnte. Außerdem wurde es ziemlich eng in seiner Hose. Verdammt!

Der blonde Lockenkopf straffte die Schultern. »Gefällt Ihnen, was Sie sehen?« Ihre Augen funkelten und sie schaute ihm direkt ins Gesicht.

Verlegen wandte Anton den Blick ab, während sie bei ihrem anschließenden Versuch den Pulli zu retten, den kompletten Stoff zerriss.

»Oh nein!« Sie stöhnte. »Das kann doch alles nicht wahr sein!«

Kurt schmiegte tröstend seinen Kopf an ihre Beine, was der Dame ein bezauberndes Lächeln entlockte. Sie tätschelte ihm liebevoll den Kopf, bevor sie sich ihre Schuhe schnappte und hineinschlüpfte.

»Was mach ich denn jetzt bloß? Ich kann doch nicht halbnackt nach Hause laufen. Meine Jeansjacke ist in meiner Tasche und die liegt noch oben.« Sie schluckte und schlang ihre Arme um den Oberkörper. Gänsehaut breitete sich auf ihrer Haut aus. Sie fröstelte.

Anton entging nicht, dass sie den Tränen nahe war. Die selbstbewusste Frau von vorhin war verschwunden.

Gentlemanlike zog er sein Jackett aus und legte es ihr über die Schultern. Diese kleine Geste zeichnete ein erfreutes und erleichtertes Strahlen auf ihr Gesicht und brachte Antons Herzschlag ein wenig aus dem Takt. Sie packte ihn am Arm und zog ihn hinter sich her auf den Bürgersteig.

»Danke.« Mehr sagte sie nicht. Stattdessen atmete sie tief durch.

»Verraten Sie mir jetzt endlich, was Sie dort in den Rosen zu suchen hatten?« Er beugte sich zu ihr hin. Der Geruch ihres Parfüms, blumig, leicht und ein bisschen salzig vom Kontakt mit ihrer Haut, stieg ihm in die Nase.

»Das ist kompliziert.« Sie trat einen Schritt zurück.

Zu gerne hätte Anton gewusst, was sie dort tatsächlich zu suchen hatte. »Aber es war doch hoffentlich nichts Verbotenes?«

Es schien, als müsste sie wirklich einen Moment überlegen. Doch dann grinste sie verschmitzt. »Sagen wir mal so: Es war nichts Illegales. Sie haben übrigens einen tollen Hund.« Zärtlich strich sie ihm über das Fell und es war nicht zu übersehen, wie sehr Kurt das genoss.

»Danke noch mal für Ihre Hilfe.« Sie hauchte ihm einen Kuss auf die Wange und stakste davon. Ihrem Gang nach zu urteilen, hatte sie sich den linken Fuß verletzt.

»Hey, Sie schulden mir noch einen Kaffee!«, rief er.

Doch sie war schon aus seiner Sichtweite verschwunden.

Warum war er ihr nicht einfach hinterhergerannt?

Aber was solls! Ein Jackett mehr oder weniger.

Ein kleines Bisschen ärgerte er sich dennoch. Das war sein Lieblingsteil gewesen. Was musste er auch fremde Frauen retten, die abends in den Rosensträuchern fremder Leute hockten? Aber er hatte sie wohl kaum halbnackt durch die Straßen schicken können. Anton schüttelte den Kopf. Er strich seinem Hund über das weiche Fell.

»Die hat dir wohl gefallen, hm?«

Wie immer antwortete Kurt mit seinem treuherzigen Hundeblick.

»Mir auch,« flüsterte Anton kaum hörbar und schlug sich diesen Gedanken sofort wieder aus dem Kopf.

Nein! Eigentlich hatte er genug von den Frauen und bei solchen, die sich in fremden Gärten herumtrieben, sollte er sich vielleicht besonders in Acht nehmen. Doch immer wieder tauchte das Bild vor ihm auf, wie sie dastand, in ihrem blauen BH, mit den blitzenden Augen und dem frechen Lächeln im Gesicht.

»Komm, wir gehen besser nach Hause. Das war genug Abenteuer für einen Abend.«

Zufrieden trottete Kurt neben ihm her, während Anton damit beschäftigt war, dieses Kribbeln in seiner Bauchgegend geflissentlich zu ignorieren.

♫ September in the Rain ♫

Dinah Washington

Der Herbst lag in der Luft. Das spürte Thea ganz deutlich, als sie nach Hause ging. Oder besser gesagt nach Hause humpelte. Der Abend war für Anfang September sehr kühl und trotz des Jacketts um ihre Schultern, spürte sie deutlich die Gänsehaut auf ihrem Körper. Kurz blieb sie stehen und rieb sich über den linken Fußknöchel. Der tat ganz schön weh! Vermutlich hatte sie sich bei ihrer waghalsigen Flucht von Gustavs Balkon doch mehr getan, als sie zunächst gedacht hatte.

Eigentlich hätte sie sich am liebsten ein Taxi geleistet. Doch da sie im Augenblick weder über Bargeld noch über ein Handy verfügte, war das vorhin nicht in Frage gekommen. Außerdem hatte sie keine Lust gehabt, ihrem Retter die ganze Misere zu schildern. Es war schon peinlich genug gewesen, dass er sie aus Nataschas Rosen befreien musste.

Allein bei dem Gedanken, wie sie schließlich halbnackt vor ihm gestanden hatte, schoss ihr die Röte ins Gesicht. Thea wunderte sich jetzt noch darüber, wie sie in diesem Moment so cool hatte bleiben können. Sein Blick war begehrlich über ihre Rundungen gewandert. Oder hatte sie sich das nur eingebildet?

Für einen kurzen Moment sah sie sein Gesicht vor sich aufblitzen. Nein, das war definitiv so gewesen, und Thea musste zugeben, dass ihr das gefiel. Sie vergrub ihre Nase tiefer im Jackett. Dieser Mann roch unfassbar gut. Wie ein Tag am Meer.

Wie hypnotisiert starrte Thea auf ihren Knöchel und ahnte, dass ihr der in den nächsten Tagen noch einige Schwierigkeiten bereiten würde. Vielleicht bestrafte sie das Universum hiermit für ihre Waghalsigkeit. Wie konnte sie nur so dumm sein und ausgerechnet mit Gustav ins Bett steigen? Sie hätte wissen müssen, dass das nicht gut für sie ausging. Wo ihr Ex auftauchte, ließ Ärger nicht lange auf sich warten. Das war schon früher so gewesen.

Zum Glück hatte sie es jetzt nicht mehr weit bis nach Hause. Thea atmete tief durch und straffte die Schultern, bevor sie vorsichtig einen Fuß vor den anderen setzte. Als sie schließlich den Kiesweg zu ihrer Wohnung entlang schlurfte, entfuhr ihr ein tiefer Seufzer. Am liebsten würde sie sich auf der Stelle eine ausgiebige Dusche gönnen und den ganzen Tag vergessen. Morgen hatte sie einen wichtigen Termin mit ihrem Chef. Stattdessen würde sie gleich Annegret Rede und Antwort stehen müssen. Denn ihr zerrupftes Aussehen würde ihr sicher nicht entgehen, wenn Thea bei ihr klingelte, weil ihre Handtasche samt Handy und Schlüssel immer noch bei Gustav unterm Bett lag.

Doch zu ihrer Überraschung lag Annegrets Wohnung im Erdgeschoss komplett im Dunkeln und keiner machte die Tür auf, als sie auf die Klingel drückte. Skeptisch blickte sie nach oben. In Theas Wohnzimmer brannte Licht. Was bitte hatte das zu bedeuten? Sie bezweifelte stark, dass es sich um einen Einbrecher handelte. Wahrscheinlich frönte Annegret wieder einmal ihrer Leidenschaft für »Games of Thrones«. Die alte Dame hegte eine Schwäche für diesen Kit Harrington und hatte alle Staffeln der Serie schon so oft gesehen, dass sie mit Sicherheit sämtliche Rollen als Synchronsprecherin übernehmen könnte.

In Annegrets Wohnzimmer gab es allerdings nur einen alten Röhrenfernseher, von dem sie sich angeblich aus sentimentalen Gründen nicht trennen konnte. Also kam es recht häufig vor, dass sie Thea zu einem »Mädelsabend« überredete, bei dem Netflix eine nicht unwesentliche Rolle spielte. Vermutlich hatte sie es sich jetzt auch auf Theas kuscheligem roten Sofa bequem gemacht.

Hoffentlich hatte sich Annegret wenigstens zusammengerissen und nicht wieder heimlich in Theas Wohnung geraucht. Das konnte sie nämlich überhaupt nicht leiden und Annegret wusste das ganz genau. Vielleicht hätte Thea gründlicher nachdenken sollen, als sie ihrer liebenswürdigen Vermieterin so bereitwillig ihren zweiten Wohnungsschlüssel überlassen hatte. Im Grunde genommen war Thea jedoch froh darüber. Denn Annegret fühlte sich tatsächlich eher wie eine vertraute Tante als eine strenge Vermieterin an und schon oft war sie in schwierigen Situationen für Thea da gewesen.

Sie knöpfte das Jackett in Bauchhöhe zu und hoffte, dass der Blick nicht sofort auf ihren sonst nackten Oberkörper fallen würde. Ihren zerfledderten Pullover stopfte sie schnell in die Seitentasche. Thea zog eine Grimasse, klingelte erneut, diesmal jedoch bei ihr und legte sich im Kopf sämtliche Notlügen zurecht. Gustav wollte sie mit keinem Wort erwähnen. Oder sollte sie lieber doch?

Drei Sekunden später wurde die Tür aufgerissen. Annegret war flott unterwegs.

»Da bist du ja endlich, Thealein.« Sie nickte zufrieden. Doch dann wanderte ihr wachsamer Blick über Theas zerrupfte Frisur und das Jackett, von dem sie ahnen musste, dass es nicht ihr gehörte. »Wie siehst du denn aus, Mädchen? Du wurdest aber nicht überfallen, oder? Na, komm rein. Oder willst du hier Wurzeln schlagen? Wir warten schon seit einer gefühlten Ewigkeit auf dich.« Schon war sie wieder auf dem Weg nach ob. Mit ihren 75 Jahren war sie immer noch topfit.

»Hey! Warte mal! Wen meinst du denn bitteschön mit wir?« Seufzend trottete sie Annegret hinter her. Oder hinken, das traf es besser. Ihr Fuß schmerzte immer noch.

Die Antwort erübrigte sich von selbst, als Thea sich die Schuhe von den Füßen gestreift hatte und ins Wohnzimmer trat.

»Jule! Was machst du denn hier?«

Überwältigend schnell füllten sich Theas Augen mit Freudentränen, als sie die Arme um ihre Tochter schlang, die so schnell aufgesprungen war, dass ihr Stuhl nach hinten umkippte.

»Mama! Ich bin so froh, dass du endlich zu Hause bist. Das ist eine längere Geschichte.« Sie fasste ihre Mutter an der Schulter und musterte sie besorgt. »Aber wie siehst du denn aus? Ist dir etwas passiert? Wurdest du überfallen? Hattest du einen Unfall?«

Thea brachte sie mit einer Handbewegung zum Schweigen. »Alles halb so schlimm.« Sie seufzte. Aus ihrer heißersehnten Dusche würde so schnell nichts werden.

In der Zwischenzeit hatte Annegret ein drittes Glas aus der Küche geholt und schenkte Thea einen großzügigen Schluck von dem Pinot Grigio ein, den sie zuvor mit Jule geöffnet hatte. Misstrauisch legte Thea den Kopf schräg und zog die Nase hoch. Der Geruch kam ihr eindeutig bekannt vor. Schnell riss sie eines der Fenster auf. Anklagend zeigte sie mit dem Finger auf Annegret. »Wie oft habe ich dir schon gesagt, dass ich es überhaupt nicht leiden kann, wenn du in meiner Wohnung rauchst?«

Lässig zuckte Annegret die Achseln und war sich keiner Schuld bewusst. »Manche Situationen erfordern einen klaren Verstand. Wenn ich rauche, kann ich besser denken. Das weißt du doch mittlerweile, Thealein. Außerdem war es nur eine Zigarette und die habe ich zum Fenster hinausgeraucht. Stimmt's, Julchen?«

Wer's glaubt!

Mit einer eleganten Bewegung strich Annegret sich ihren kurzen silberfarbenen Bob hinters Ohr. Ihre blaugrauen Augen blitzten amüsiert, ihre Lippen waren kräftig geschwungen und ihre sonst eher zierliche Figur wurde von einem gewaltigen Vorbau beherrscht. Wie sonst trug sie auch heute einen Pullover in einer knalligen Farbe zu dunklen Jeans. Dieses Mal hatte sie sich für Pink entschieden. Ihre Lippen waren passend geschminkt. Annegret war eine schöne Frau.

Thea war einmal in den Genuss einiger ihrer Jugendbilder gekommen und bis auf ein paar Falten und die grauen Haare, hatte sich an Annegret nicht viel verändert. Auch ihre stolze aufrechte Haltung hatte sie beibehalten.

Thea ließ sich auf einen der Stühle plumpsen, die um den großen Esstisch herumstanden. Für eine Diskussion über Annegrets lästige Angewohnheit was das Rauchen betraf, fehlte ihr im Augenblick die Energie. Stattdessen gönnte sie sich einen kräftigen Schluck von dem Wein. Das tat gut. Sie rutschte näher zu ihrer Tochter und hob Jules Kinn leicht in ihre Richtung.

»Schätzchen, was ist los? Ich sehe dir an der Nasenspitze an, dass etwas nicht in Ordnung ist.«

Jule sah sie mit glasigen Augen an und nickte traurig. »Ich bin bei Patrick ausgezogen und jetzt weiß ich nicht wohin.« Zittrig holte sie Luft. »Dieser Mistkerl hat mich betrogen und wie ich hinterher erfahren musste, nicht nur einmal.«

Thea nahm ihre Hand und drückte sie fest. »Das tut mir leid, Julchen.«

Der Blick ihrer Tochter huschte hinüber zu Annegret und sie musste grinsen. »Schon gut, Mama. Ich weiß, dass du ihn nie besonders leiden konntest.«

»Ach. So würde ich das jetzt nicht sagen.«

»Komm schon Mama. Du bist eine schlechte Schauspielerin. Sogar Papa hat das gewusst.«

Als Jule Gustav erwähnte, zuckte Thea kurz zusammen. Hoffentlich war das nicht aufgefallen.

Bei Patrick hatte sie tatsächlich kein gutes Gefühl gehabt und ihn für einen einfältigen und arroganten Schnösel gehalten, der sich auf Kosten seines Vaters ein schönes Leben machte. Sie war nicht glücklich über Jules Wahl gewesen und hätte ihr einen besseren Geschmack zugetraut. Doch wo die Liebe hinfiel …

Zufrieden und entspannt lehnte Annegret sich zurück. Vermutlich hatte Jule ihr bereits zuvor alles erzählt.

Jule schnaubte und schließlich entschlüpfte ihr ein für sie untypisches Kichern. »Irgendwie bin ich sogar erleichtert. Patrick hatte in der letzten Zeit seltsame Vorlieben entwickelt. Dabei will ich doch nur stinknormalen Sex, Herrgott!«

Peinlich berührt schlug sie ihre Hände über dem Kopf zusammen und Annegret lachte, während Thea auf ihrem Stuhl weiter nach unten rutschte. Manche Dinge wollte man als Mutter lieber nicht so genau über seine Kinder wissen. Da half nur ein ordentlicher Schluck Alkohol.

»Mein Studium habe ich übrigens auch geschmissen.«

Thea verschluckte sich an ihrem Wein. Aufmerksam musterte sie ihre Tochter.

Jule starrte mit ihren ausdrucksstarken grünen Augen zurück. Sie zog ihre wohlgeformte Nase nach oben und der süffisante Bogen um ihre Lippen in ihrem leicht rundlichen Gesicht bog sich nach unten. »Und jetzt sag bloß nicht: Ich habe immer schon gewusst, dass das nichts für dich ist.«

Also verkniff sich Thea den Kommentar, der ihr bereits auf der Zunge lag und ähnlich lautete. Jule hatte recht. Sie hatte die Studiumswahl ihrer Tochter schon oft in Frage gestellt. Internationales Management passte ihrer Meinung nach einfach nicht zu Jule, die sich am liebsten mit Literatur beschäftigte.

»Warum hast du nicht Bescheid gesagt, dass du kommst? Ich hätte dich doch vom Bahnhof abgeholt«, sagte sie stattdessen.

»Ich habe dich angerufen. Ein paar Mal. Bei Papa habe ich es auch probiert. Aber ich habe keinen von euch beiden erreicht.« In ihrer Stimme schwang ein leichter Vorwurf mit.

»Also hat mich Annegret vom Zug abgeholt.«

»Keine Bange, Thealein. Ich habe mich an die vorgeschriebene Geschwindigkeitsbegrenzung gehalten.«

Annegret tat so, als würde sie die Flüssigkeit in ihrem Glas studieren. Dabei merkte Thea ganz genau, dass Annegret sich gerade das Lachen verkniff. Thea wollte sich lieber nicht vorstellen, wie sie auf ihrer knallgelben Vespa mit Jule durch die Straßen gebraust war. Annegret fuhr immer viel zu schnell. Eine grauenhafte Autofahrerin war sie auch und das wusste sie genau.

»Mich wundert es, dass du bisher noch nie deinen Schein abgeben musstest.«

Annegret winkte ab. »Ach was. Du musst mal in Italien mit dem Roller oder Auto fahren. Da ist das hier ein Spaziergang dagegen. Du kannst gerne Concetta fragen.«

Thea schüttelte den Kopf. Annegrets italienische Freundin, der ein Restaurant in der Stadt gehörte, war ebenfalls eine Zumutung für den Straßenverkehr.

»Kann ich erst mal bei dir unterkommen?« Jule biss sich auf die Unterlippe. Das tat sie immer, wenn sie angespannt war.

Behutsam strich sie ihrer Tochter eine Strähne aus dem Gesicht. »Natürlich. Du kannst bleiben, solange du willst.«

Aus den Augenwinkeln nahm Thea wahr, wie Annegret sie immer wieder interessiert musterte. »Erzählst du uns jetzt endlich, was mit dir passiert ist oder müssen wir dir alles aus der Nase ziehen?«

»Das würde mich allerdings auch brennend interessieren«, stimmte Jule vergnügt zu.

»Offengestanden …« Thea zögerte und fühlte, wie ihre Wangen heiß wurden.

Triumphierend sprang Annegret auf und strahlte Thea an, als hätte sie gerade im Lotto gewonnen. »Du hattest Sex! Es steckt ein Kerl dahinter! Hab ich´s doch gewusst!«

Verzweifelt umklammerte Thea ihr Weinglas und bemühte sich vergebens um eine neutrale Miene.

»Mensch, Mama! Jetzt spann uns doch nicht so auf die Folter!«

Thea gab sich geschlagen. »Also schön. Sagen wir mal so: Ich hatte einen ziemlich aufregenden Tag.«

»Kennen wir ihn?«, wollten die beiden Frauen gleichzeitig wissen.

Thea starrte die zwei an, als hätte sie den Sinn der Frage nicht verstanden. Ihre Gedanken wanderten zu Gustav und plötzlich tauchten die Bilder ihres Retters samt seinem Hund vor ihrem geistigen Auge auf. Für einen kurzen Augenblick kribbelte es in ihrem Bauch. »Ich weiß es nicht«, antwortete sie ausweichend.

Annegret konnte ihren Überschwang nicht zügeln. »Das wurde aber auch Zeit. Schließlich kannst du Gustav nicht ewig hinterhertrauern.«

Wenn sie wüsste! Annegret war eindeutig nicht auf den Kopf gefallen und normalerweise machten Thea die Wortgefechte mit ihr Spaß, aber gerade war sie ihr eindeutig zu neugierig.

»Es tut mir leid, wenn ich euch enttäuschen muss, Mädels.« Sie gähnte herzhaft. »Aber ich fürchte, dass ihr euch mit pikanten Einzelheiten noch gedulden müsst. Morgen habe ich ein wichtiges Gespräch mit meinem Chef und da will ich zumindest einigermaßen ausgeschlafen sein.«

»Hoffentlich kriegst du endlich die Gehaltserhöhung, die dir der alte Geizhals schon so lange verspricht.« Es war nicht zu überhören, wie wenig Annegret von Theas Arbeitgeber hielt.

»Davon gehe ich aus«, meinte sie und gähnte erneut. Dabei fiel ihr wieder ein, dass ihre Handtasche noch immer bei Gustav lag. Zum Glück war dieses Detail der sonst so aufmerksamen Annegret entgangen und auch Jule hatte nicht weiter nachgefragt, warum ihre Mutter weder Schlüssel noch Handtasche bei sich hatte.

»Dann verkrümel ich mich auch mal nach unten in mein Bett. Schließlich brauche ich meinen Schönheitsschlaf.« Nachdem Annegret Jule zum Abschied umarmt hatte, nahm sie Thea beiseite. »Muss ich mir Sorgen um dich machen, Thealein?«

Thea schüttelte den Kopf und lächelte. »Nein. Ich bin doch schon ein großes Mädchen.«

Annegret lachte. »Das muss nichts heißen.« Ihre Stimme klang kratzig und rau. Schließlich zog sie Theas Wohnungstür hinter sich zu.

Sanft strich Thea Jule über den Rücken. Sie freute sich unbeschreiblich darüber, dass ihre Tochter in diesem Augenblick hier war.

»Morgen lade ich dich und Annegret nach der Arbeit ins *Biasinis* ein. Dann können wir meine Gehaltserhöhung feiern und wir überlegen, wie es weitergehen könnte. Was hältst du davon?«

»Das klingt nach einem guten Plan.«

Gemeinsam bezogen sie das Bett in Theas Arbeitszimmer, in dem Jule für die nächste Zeit wohnen würde.

Später im Bett wollte das Gedankenkarussell einfach nicht anhalten. Ständig drehte sich alles um den verrückten Tag. Vor allem ihr Retter kam ihr dabei immer wieder in den Sinn. Verzweifelt fing sie an, laut Schäfchen zu zählen, und hoffte, so endlich Ruhe zu finden.

♫ ♫ ♫

So richtig wach wurde Thea erst, nachdem sie bereits zum dritten Mal die Snoozetaste ihres Weckers gedrückt hatte. Weitere zehn Minuten aalte sie sich noch in ihrem kuscheligen, warmen Bett, bevor sie erneut auf die Uhr schaute und stöhnte.

Sie kroch unter ihrer Decke hervor und band ihre Haare zu einem wilden Vogelnest zusammen, bevor sie ins Bad schlenderte. Ein Blick in den Spiegel verriet ihr, dass am lästigen Haarewaschen kein Weg vorbeiführte, wenn sie ihre wilden blonden Locken irgendwie bändigen wollte.

Thea zuckte zusammen, als sie in die Dusche stieg und das kalte Wasser auf ihren Körper prasselte. Ihr Blick wanderte nach unten. Ihr Knöchel war immer noch geschwollen und ein paar Schürfwunden waren ebenso zu sehen. Ein Hoch auf blickdichte Strumpfhosen!

Sorgfältig trug sie anschließend ihr Make-up auf und tuschte sich die Wimpern. Heute war es so weit. Endlich würde ihr Chef Theas Gehalt erhöhen. Da war sie sich absolut sicher. Vielleicht ergab sich auch die Möglichkeit einer Beförderung. Schließlich war sie nun lange genug dabei.

Zufrieden lächelte sie ihrem Spiegelbild entgegen. Sogar ihre blonde Wuschelmähne schien heute einen guten Tag zu haben und ihre Haare sahen aus, als hätte sie stundenlang mit dem Lockenstab vor dem Spiegel gestanden. Schließlich ging sie zu ihrer Tochter ins Wohnzimmer.

»Guten Morgen, Mama. Wow, du siehst toll aus!« Jule saß mit einem Becher Kaffee auf dem Sofa.

Thea wippte kokett mit ihren Hüften, bevor sie ihrer Tochter einen Kuss auf die Stirn drückte. »Guten Morgen, mein Schatz. Hast du gut geschlafen? Hey, du hast ja sogar Frühstück gemacht!«

Erfreut setzte sie sich an den Tisch, der mit sämtlichen Köstlichkeiten gedeckt war. Es gab Käse, Marmelade, Lachs und sogar Brötchen hatte Jule aufgebacken. Thea konnte sich gar nicht daran erinnern, dass ihr Kühlschrank solche Leckereien auf Lager hatte.

Verlegen zuckte Jule mit den Schultern. »Ehrlich gesagt hat mir Annegret mit den Lebensmitteln ausgeholfen. Dein Kühlschrank gibt ja nicht viel her.«

Genüsslich strich Thea etwas Frischkäse und Himbeermarmelade auf ein Brötchen und trank einen kräftigen Schluck von ihrem Kaffee. Das tat gut! Ein Blick auf die Uhr verriet ihr jedoch, dass ihr für ein ausgiebiges Frühstück eigentlich die Zeit fehlte.

»Es tut mir leid, Julchen. Aber ich muss los. Jetzt hast du dir die Mühe ganz umsonst gemacht.«

Ihre Tochter winkte ab. »Schon gut. Ich bin mir sicher, dass Annegret später kein Problem damit hat, mit mir das restliche Frühstück zu verspeisen.«

Thea grinste. Das würde vermutlich noch dauern. Annegret stand gewöhnlich nie vor halb zehn auf. »Da hast du recht. Aber wehe, sie raucht wieder hier drinnen!«

»Keine Sorge, ich passe schon auf.«

»So wie gestern?«

»Besondere Situationen erfordern besondere Maßnahmen. Schon vergessen?«

Mit einem Griff schnappte sich Thea den Ersatzschlüssel für ihre Wohnung und steckte ihn in ihre Tasche. »Eigentlich dachte ich ja, du wärst diejenige mit Liebeskummer, nicht Annegret?«

»Aber sie fühlt doch immer so mit.«

Es war klar, dass Jule Annegret verteidigte. Da war schon immer so gewesen. Umgekehrt verhielt es sich allerdings genauso.

»Bist du aufgeregt?« Ihre Tochter sah sie fragend an.

Energisch schüttelte Thea den Kopf. »Nein. Ich bin mir sicher, dass Johann endlich mein Gehalt aufstockt. Ich muss jetzt aber echt los. Wir reden später, ja?«

Schon war sie zur Tür hinaus und eilte, so schnell es ihr schmerzhafter Knöchel zuließ, zur Bushaltestelle.

Vielleicht hätte sie sich vorhin doch für flache Schuhe entscheiden sollen. Doch wie so oft in der letzten Zeit hatte ihre Eitelkeit über die Vernunft gesiegt.

Fünf Minuten zu früh saß sie schließlich in Johanns Büro und wartete auf ihren Chef.

»Guten Morgen, Thea«, sagte er, als er hereinkam und sich mit seiner obligatorischen Tasse Earl Grey an seinen Schreibtisch setzte. Johann räusperte sich verlegen.

Thea hingegen begrüßte ihn mit einem siegessicheren Grinsen im Gesicht. Auch Johann hob seine Mundwinkel. Jedoch erreichte sein Lächeln seine Augen nicht. Merkwürdig. Ihr Chef verhielt sich ganz anders als sonst.

»Also schön. Bringen wir es hinter uns.«

Er seufzte und Thea verstand plötzlich gar nichts mehr. War es denn so schlimm, wenn er ihr ein wenig mehr Gehalt zahlen würde?

Johann rührte etwas Sahne in seinen Tee und faltete schließlich die Hände in seinem Schoß. Für einen Moment blickte er Thea direkt in die Augen, bevor er sich abwandte und erneut räusperte.

»Ich hoffe, du weißt, dass ich mit deiner Arbeit bisher immer sehr zufrieden war?« Er strich mit den Fingern über seinen Bart und Thea nickte erwartungsvoll.

Johann atmete tief durch. »Du bist eine talentierte Grafikerin und ich bin mir sicher, dass du bald wieder eine neue Stelle finden wirst. Selbstverständlich werde ich dir ein hervorragendes Arbeitszeugnis ausstellen und dich weiterempfehlen.«

Während Johann weiterredete, ließ Thea den Blick durch das Büro schweifen. Ihre Hände kribbelten, ihr Knöchel pulsierte schmerzhaft und erinnerte sie an das Desaster vom Vortag, während ihr Herzschlag völlig aus dem Takt geriet. Das Gespräch lief in eine Richtung, die Thea überhaupt nicht behagte.

Entsetzt sprang sie auf, was sie sofort bereute, als erneut ein stechender Schmerz durch ihren Fuß hindurch fuhr. »Moment mal, Johann. Willst du mir etwa kündigen?« Ihr Atem ging stoßweise.

Doch ihr Chef zuckte kaum mit der Wimper. »Jetzt beruhige dich doch, Thea. Ich würde dir gerne alles erklären.«

Ein fader Geschmack stieg ihr die Kehle hoch. Sie schluckte. Nur verschwommen drangen einige Wortfetzen zu ihr durch.

Thea sei eine großartige Grafikerin. Bla bla bla. Doch jetzt ginge es um die Familie. Er müsse seine Nichte unterstützen und könne sich eine zweite Grafikerin schlichtweg nicht leisten.

Fassungslos knallte Thea die Tür hinter sich zu, packte ihre wenigen Sachen vom Schreibtisch in einen Karton und fühlte sich wie im falschen Film. Da sie so viele Überstunden angesammelt und kaum etwas von ihrem Urlaub in Anspruch genommen hatte, konnte sie sofort gehen. Johann drängte sie förmlich dazu. Wahrscheinlich konnte er ihr kaum mehr in die Augen schauen. So ein Scheißkerl!

Thea warf einen Blick auf Amelie am Empfang. Die Frau hatte Ohren wie ein Luchs und witterte jeden Skandal. Also machte sie lieber keine Szene. Nichts wie raus hier!

Ihr Optimismus von heute Morgen war wie weggeblasen und wurde abgelöst von einem grässlichen Durcheinander an Ungewissheit und einem Gefühl der Demütigung. Als hätte die von Gustav gestern nicht schon gereicht.

Niedergeschlagen und mit Tränen in den Augen machte sie sich auf den Weg zur Bushaltestelle. Dieses verdammte Kopfsteinpflaster war einfach nicht für Frauenschuhe gemacht!

Die Sonne war verschwunden und die dunklen Wolken am Himmel kamen schneller, als sie blinzeln konnte. Es dauerte nicht lange, bis der Himmel seine Schleusen öffnete und die ersten Regentropfen fielen. Ihre Arme fühlten sich unendlich schwer an und fast wäre ihr der Karton aus der

Hand gefallen. Thea stolperte über das Kopfsteinpflaster. Schnell wollte sie weitergehen. Doch sie kam keinen Schritt vorwärts. Das durfte doch nicht wahr sein! Jetzt steckte sie mit ihrem Absatz auch noch im Gully fest.

♫ Don't Wait Too Long ♫

Madeleine Peyroux

Bei diesem Wetter wollte er nichts lieber, als seine Füße auf dem Sofa ausstrecken und lesen, bevor er später zu Doris und den Kindern ging. Doch es half alles nichts. Kurt musste noch ein wenig raus.

Der Regen war immer noch stark und fühlte sich eiskalt an. Anton biss die Zähne zusammen und spannte seinen Schirm auf, während Kurt entspannt neben ihm her trabte. Er zog den Kragen seines Mantels ein Stück höher und schüttelte lächelnd den Kopf. Er war dankbar, Kurt an seiner Seite zu wissen. Ihn konnte er so leicht glücklich machen. Ein paar Streicheleinheiten, ein Spaziergang, ab und an ein Leckerli. Menschen hingegen waren da weitaus komplizierter.

Anton entschloss sich für den Weg in Richtung Regensburger Innenstadt. Wenn er mit Kurt später zurückging, würde er sich zur Belohnung einen großen Milchkaffee in der Café-Bar gönnen.

Als er mit Kurt um die Ecke bog, hörte er eine vertraute Stimme schimpfen und blieb wie angewurzelt stehen. Das konnte doch nicht wahr sein! Dort drüben hing der blonde Lockenkopf von gestern mit einem Fuß im Gullydeckel fest und fluchte wie ein Kesselflicker.

»Oh je, Kurt! Ich glaube, da braucht jemand noch mal unsere Hilfe.«

Schnell machte er ein paar Schritte auf die Frau zu und hielt den Schirm über ihren vom Regen feuchten Körper. Ihre Klamotten trieften bereits vor Nässe und er fragte sich, wie lange sie hier schon mit ihrem Schuh und dem Gully kämpfte.

Überrascht blickte sie auf und biss sich erschrocken auf die Unterlippe, als sie erkannte, wer vor ihr stand. »Schon wieder Sie?«

»Das Gleiche könnte ich auch sagen.« Anton lachte. »Ich finde, ein bisschen mehr Dankbarkeit wäre durchaus angebracht.«

Sie zuckte die Schultern. »Ich hatte einen verdammt miesen Start in den Tag und jetzt hänge ich auch noch mit meiner Ferse in diesem verfluchten Gully fest.«

Es war nicht zu übersehen, dass sie geweint hatte. Ihre Augen waren stark gerötet.

»Warten Sie, das haben wir gleich«, versuchte er, die Frau zu trösten. Seine Stimme klang sanft.

Gerade wollte er sich ihren Arm um seine Schulter legen und anschließend ihren Fuß aus dem Gullydeckel befreien, als Kurt aufgeregt um sie herumlief und dabei die Leine um ihre Beine wickelte. Der blonde Lockenkopf stürzte unglücklich. Die Strumpfhose war im Eimer und ihr Knie blutete. Sie stöhnte auf vor Schmerz.

»Oh Gott! Das tut mir leid!«

Anton kniete sich neben sie auf den Boden und sah sich die Verletzung an. Auch Kurt bemerkte, was er da angestellt hatte und leckte ihr über das Gesicht, ganz so, als wolle er sich für das Missgeschick entschuldigen.

Ihre Miene wurde für einen Augenblick weich. »Ihrem Hund scheint es ebenfalls leid zu tun.« Sie versuchte zu lächeln, verzog jedoch sofort wieder das Gesicht, als Anton ihren Fuß berührte.

»Tut es sehr weh? Können Sie ihn bewegen?« Sein Puls raste, als sich ihre Blicke trafen. Die intensive Farbe ihrer Augen war ihm gestern gar nicht aufgefallen. Anton schluckte.

»Ganz ehrlich? Es tut höllisch weh. Aber ich vermute, der Schmerz hat mehr mit meinem gestrigen Unfall zu tun als mit dem Sturz gerade eben. Wenigstens hänge ich jetzt nicht mehr in diesem blöden Gully fest.«

Ein wenig unsicher streckte er ihr die Hand entgegen. »Können Sie aufstehen?«

Ihre Brust hob sich in einem tiefen Atemzug, sie nickte und nahm zaghaft seine Hand. »Danke«, sagte sie leise.

Besorgt musterte Anton ihr Knie, das immer noch blutete. »Soll ich Sie ins Krankenhaus bringen?«

Ihr Kopf sank in den Nacken und für einen Moment schien sie ernsthaft darüber nachzudenken. »Das ist nicht nötig. Bitte machen Sie sich keine Umstände.«

Er starrte sie eine gefühlte Ewigkeit an und traf eine Entscheidung. »Ich wohne gleich um die Ecke. Sie könnten mit zu mir kommen, damit wir zumindest Ihr Knie versorgen können. Schließlich sind Kurt und ich schuld an ihrem Unfall.«

Kurt zuckte zusammen, als er seinen Namen hörte.

Ein kurzes Lächeln huschte über ihr Gesicht. »Vielleicht ist das gar keine so schlechte Idee.«

Täuschte sich Anton oder überzog eine leichte Röte ihre Wangen?

Sie ließ sich von ihm stützen und schweigend gingen sie zu Antons Wohnung. Kurt trabte schwanzwedelnd neben ihnen her. Es war nicht zu übersehen, dass er die Unbekannte bereits in sein großes Hundeherz geschlossen hatte.

Für einen kurzen Moment blitzte das Bild von ihr in ihrem blauen Spitzen-BH wieder vor ihm auf und Panik breitete sich in seinem Inneren aus. Was machte er hier eigentlich? Wollte er nicht lieber die Finger von den Frauen lassen? Aber genau wie gestern konnte er sie ja schlecht einfach hier stehen lassen.

Er sperrte die Tür zu seiner Wohnung auf. Zum Glück hatte er heute Morgen aufgeräumt und bis auf ein paar Hundehaare von Kurt und dem ein oder anderen Sabberfleck am Fenster sah es ganz ordentlich aus.

Anton deutete auf seine Couch, die ihn an die Chesterfieldsofas aus alten Detektivfilmen erinnerte. »Bitte, machen Sie es sich bequem.«

Er schlug die Hände über dem Kopf zusammen. Was redete er da nur für einen Blödsinn?

Seufzend ließ sie sich darauf nieder.

Mit ein paar schnellen Handgriffen rubbelte er Kurt trocken, der anschließend zu ihr auf die Couch sprang und den Kopf auf ihren Schoß legte. Anton reichte ihr ebenfalls ein frisches Handtuch, damit sie sich zumindest die vom Regen patschnassen Haare abtrocknen konnte.

»Macht es Ihnen nichts aus, dass mein Hund halb auf Ihnen liegt?« Er unterdrückte ein peinlich berührtes Zusammenzucken.

Wie gerne wäre er jetzt an Kurts Stelle.

Überrascht über diesen Gedanken schüttelte er kaum merklich den Kopf. Was war nur los mit ihm?

»Ich meine, weil er immer noch nass ist, und besonders gut riecht er bei diesem Wetter auch nicht«, stammelte er.

Thea strich mit ihren Händen zärtlich über Kurts Fell. »Nein, es macht mir nichts aus. Im Gegenteil. Er lenkt mich von dem Schmerz in meinem Knöchel ab. Mein Knie tut auch ganz schön weh, wenn ich ehrlich bin.«

Er hielt ihrem Blick stand, während er einen Hocker heranzog und ihren Fuß behutsam darauf ablegte.

»Vielleicht könnten Sie Ihre Strumpfhose ausziehen. Ich hole in der Zwischenzeit Verbandszeug.« Seine Stimme klang nervös und er hoffte inständig, dass ihr das nicht auffiel. »Wollen Sie vielleicht etwas trinken?«

Sie schüttelte den Kopf. »Nein, danke. Ich will Ihnen keine Umstände machen.«

Anton schmunzelte. Umstände hatte sie ihm gestern bereits genug gemacht.

Als er mit Pflaster und Co. bewaffnet aus dem Badezimmer zurückkam, waren ihre Beine bereits nackt. Er atmete tief durch. Die Frau hatte tolle Beine!

Sie zuckte zusammen und biss sich auf die Unterlippe, als er sich ihr Knie genauer ansah, ganz so, als wäre er Arzt und kein Architekt. Er desinfizierte die Wunde. Dabei konnte er wohl nicht viel falsch machen. Wie zufällig glitten seine Finger dabei über ihre Waden.

Verlegen räusperte er sich. »Sieht gar nicht mehr so schlimm aus.«

»Stimmt.« Sie griff nach einem Pflaster und klebte es auf die Wunde am Knie. »Wie gesagt, es ist vielmehr mein Knöchel, der mir zu schaffen macht. Das liegt an meinem Sturz gestern. Ich bin übrigens Thea.«

»Anton.« Er rieb sich über die Stirn und vergrub die Hände in den Taschen seiner Jeans.

Sie legte ihren Kopf schief und lächelte. »Ich habe immer noch Ihr Jackett.«

Schließlich setzte sich Anton auf den Sessel gegenüber. Dabei glitt sein Blick immer wieder über ihre nackten Beine. Er musste sich zusammenreißen, auch wenn Thea ihm gefiel. »Es wäre schön, wenn ich es wieder haben könnte.« Sein Lächeln war herausfordernd.

Thea musterte ihn ungeniert, ohne dass ihr Grinsen verschwand. »Natürlich.« Sie nickte. »Ich bringe es Ihnen bei Gelegenheit vorbei. Jetzt weiß ich ja, wo Sie wohnen.«

»Verraten Sie mir jetzt, was Sie gestern in den Rosen zu suchen hatten?«

Kein Muskel an ihrem Körper bewegte sich. Thea schien nicht einmal zu atmen. Für einen Moment glaubte Anton tatsächlich, sie würde ihm alles erzählen. Doch dann schüttelte sie den Kopf.

»Es ist kompliziert. Und peinlich.«

Erheiterung flackerte in seinen Augen auf. »So schlimm?«

Thea nickte viel zu heftig. »Schlimmer. Bitte nehmen Sie es mir nicht übel, wenn ich lieber nicht darüber sprechen möchte.«

»Schon in Ordnung«, versicherte er ihr. »Ehrlich.« Wie zur Bestätigung zwinkerte er ihr zu.

»Schön haben Sie es hier.« Ihr Blick wanderte durchs Wohnzimmer und blieb an seinem Saxophon hängen.

»Ich spiele in einer Jazzband.«

»Ich liebe Jazzmusik!« Begeistert klatschte sie in die Hände. »Haben Sie denn ein Lieblingslied, Anton?«

Die Art und Weise, wie sie seinen Namen aussprach, brachte seinen Herzschlag aus dem gewohnten Rhythmus.

Er räusperte sich. Da musste er nicht lange überlegen. »As Time goes By. Ein zeitloser Klassiker.«

»Da haben Sie recht. Ich mag am liebsten die Version von Sinatra. Hätten Sie vielleicht Lust, für mich zu spielen?«

Bevor er antworten konnte, klingelte sein Handy. Das Display zeigte einen Anruf von Doris. Die musste auch immer in den ungünstigsten Augenblicken anrufen.

»Entschuldigen Sie mich bitte. Da muss ich rangehen.« Anton ging hinüber in die Küche, um zu telefonieren.

Nachdem er seiner Schwester versichert hatte, dass er pünktlich bei ihr sein würde, ging er zurück zu Thea, die immer noch auf seinem Sofa saß und Kurt, der leise vor sich hin schnarchte, den Kopf kraulte. Diese Frau brachte ihn mehr aus dem Konzept, als ihm lieb war.

»Es tut mir leid, aber ich muss weg. Soll ich Sie nach Hause bringen?«

Thea stand auf, was Kurt mit einem lauten Hundeseufzer kommentierte, und verzog schmerzhaft das Gesicht. »Das ist nicht nötig, danke. Aber vielleicht könnten Sie mir ein Taxi rufen? Ich habe mein Handy nicht dabei.«

♫ ♫ ♫

Anton schlüpfte in seinen Mantel und nahm Kurt an die Leine. Wie gerne hätte er noch länger mit Thea in seinem Wohnzimmer gesessen! Aber es half alles nichts. Schließlich hatte er seiner Schwester versprochen, auf die Kinder aufzupassen, und er freute sich auf Nora und Jakob.

Auf dem Weg zu Doris wanderten seine Gedanken immer wieder zu Thea. Er musste zugeben, dass sie für Herzrasen bei ihm sorgte und irgendwie hoffte er, dass es ihr genauso ging. Gleichzeitig fürchtete er sich davor. Er war aus der Übung und hatte keine Ahnung, wie man flirtete. Gerade tobten zu viele Gedanken und Gefühle durch seinen Körper, die er nicht begreifen konnte. Vielleicht war es ganz gut, wenn ihn der Besuch bei seiner Schwester ein wenig ablenken würde.

Da Doris nicht weit weg von ihm wohnte, konnte er es sich sparen, Kurt in das Auto zu verfrachten. Stattdessen würden sie zu Fuß gehen. Später würde er mit den Kindern ebenfalls einen kurzen Spaziergang machen. Die beiden liebten es, wenn sie Kurt an der Leine führen durften und auch sein Hund mochte die beiden sehr. Außerdem konnte er heute gar nicht genug frische Luft abbekommen, um wieder einen kühlen Kopf zu kriegen.

Anton bog um die Ecke, nahm zwei Stufen auf einmal und drückte auf die Klingel.

Als die Tür aufging, strahlte ihm seine Schwester entgegen. »Da bist du ja, Bruderherz!« Doris schlang die Arme um ihn und erdrückte ihn fast. »Ich bin dir so dankbar, dass du auf die Kinder aufpasst.«

Er lächelte. »Das mache ich doch gerne.«

»Ich muss auch gleich los. Aber du bleibst zum Essen, ja?« Sie drückte ihm einen Kuss auf die Wange und saß kurz darauf in ihrem Auto.

»Onkel Anton! Onkel Anton!« Kaum hatte er die Tür hinter sich zugezogen, war Nora auf ihn zugestürmt und sprang an ihm hoch. Kurt war in der Zwischenzeit ins Wohnzimmer verschwunden und begrüßte dort Jakob.

»Na, meine Kleine, alles klar?«

Nora nickte. »Ich habe heute im Kindergarten ein Bild von dir gemalt. Kurt ist auch drauf.«

»Das musst du mir unbedingt zeigen.«

Das Mädchen strahlte. »Ich habe es schon im Wohnzimmer auf den Tisch gelegt. Mama hat außerdem versprochen, dass du uns noch mal eine Schokomilch machst.«

Anton musste schmunzeln. »So, hat sie das?« Schließlich folgte er seiner Nichte. »Hallo, Jakob. Kurt hat dich wohl schon in Beschlag genommen, oder?«

Jakob grinste breit. »So wie immer.«

Schließlich bewunderte Anton Noras Bild ausgiebig, bevor er eine Tasse Kakao für jeden kochte.

»Wie lange ist euer Papa denn noch in London?«, wollte er wissen.

Jakob zuckte mit den Schultern. »Wir haben gestern mit ihm telefoniert. Er hat gesagt, dass er leider erst am Montag heimkommt. Ich bin echt froh, dass du gekommen bist und wir nicht mit Mama zum Zahnarzt mussten. Das dauert bei ihr doch immer ewig.«

Anton lachte und wuschelte seinem Neffen durchs Haar. Er trank genüsslich einen Schluck von dem süßen Getränk und plauderte mit den Kindern über deren Tag. Kurt legte seinen Kopf auf Noras Schoß, was sie zum Lachen brachte.

»Was haltet ihr von einem kleinen Spaziergang?« Anton schaute aus dem Fenster. »Scheinbar hat der Regen endlich aufgehört.«

Nora klatschte begeistert in ihre kleinen Hände. »Au ja! Aber diesmal darf ich Kurt an die Leine nehmen«, sagte sie bestimmt, während ihr Bruder genervt die Augen verdrehte.

Gemeinsam schlenderte sie einen Feldweg entlang. Jakob erzählte ein bisschen was von der Schule und seiner neuen Lehrerin, die er sehr mochte.

Anton war stolz auf die Kinder seiner Schwester. Nora war mittlerweile vier Jahre alt und freute sich jeden Tag auf den Kindergarten. Jakob ging in die zweite Klasse und interessierte sich für alles, was mit dem Wald und Tieren zu tun hatte. Außerdem war er ein guter und aufmerksamer Schüler.

Eine knappe Stunde später schielte Anton auf die Uhr. »Langsam sollten wir uns auf den Heimweg machen. Eure Mama ist bestimmt schon zurück.«

»Ach menno. Es macht aber so viel Spaß mit Kurt. Ich wünschte, Mama würde uns auch einen Hund erlauben«, murrte Jakob.

»Aber dann könnte ich Kurt nicht mehr zu euch bringen. Stell dir vor, er verträgt sich mit eurem nicht. Was mache ich denn dann, wenn ich bei der Arbeit bin?«

»Da hast du auch wieder recht«, lenkte Jakob ein.

Vor dem Haus seiner Schwester warf Anton einen kritischen Blick auf Kurt. Der Schlamm triefte von seinem Bauch und auch sein Fell war nass, weil die Kinder mit ihm in der Wiese herumgetollt waren. Er musste feststellen, dass auch Nora und Jakob nicht viel besser aussahen und eine dicke Matschschicht an ihren Schuhen klebte. Wenigstens hatte er darauf bestanden, dass die beiden Gummistiefel anzogen.

»Ich glaube, es ist besser, wenn wir die Schuhe vor der Tür ausziehen.«

Er wollte gerade aufsperren, als Doris sie öffnete.

»Da seid ihr ja!« Ihr Blick fiel auf ihre dreckverschmierten Kinder und auf Kurt, der wie immer unschuldig dreinblickte.

»Ich hole wohl besser ein Handtuch. So kannst du nicht ins Haus, Kurt.«

Schließlich rubbelte sie den Bernhardiner trocken und scheuchte alle nach drinnen. Die Kinder verschwanden nach oben in Jakobs Zimmer. Anton wusste, dass seine Schwester es genoss, wenn sie ihn für sich allein hatte und ihn über sein nicht vorhandenes Liebesleben ausquetschen konnte.

»Und, war´s schlimm?« wollte Anton wissen, als er sich zu Doris an den Tisch setzte und einen Schluck Mineralwasser trank.

Sie schüttelte den Kopf. »Nein. Das hat mich selber überrascht. Ich war auch schneller fertig, als gedacht. Deshalb war ich auch noch kurz beim Einkaufen. Du bleibst doch zum Essen, oder? Es gibt Lasagne.«

Kurt hatte sich soeben unter den Tisch plumpsen lassen und döste vor sich hin.

»Ja, ich bleibe gern. Eventuell wollte ich heute noch mit der Band proben. Aber die anderen haben sich bis jetzt noch nicht gemeldet.«

Wieder musste Anton daran denken, wie Thea sein Saxophon bewundert hatte. Dieser Gedanke entlockte ihm ein verräterisches Lächeln.

»Was grinst du denn so vor dich hin, Bruderherz?« Der fragende Blick seiner Schwester bohrte sich in seine Augen.

Anton zuckte die Schultern. »Ich hatte einfach einen schönen Nachmittag mit deinen Kindern.«

»Soso. Und für dieses Lächeln ist wirklich keine Frau verantwortlich?« Doris stemmte die Hände in die Hüften und musterte ihn interessiert.

Anton wollte ihr nichts von Thea erzählen. Schließlich gab es da nicht viel. Er fand sie attraktiv und sympathisch. Mehr war da nicht. Das Kribbeln in seinem Bauch, dass er empfand, wenn er an sie dachte, ignorierte er beharrlich.

»Annegret macht am Wochenende eine Kochvorführung bei uns zu Hause. Du weißt doch, dass ich eine Schwäche für dieses Tongeschirr habe. Es wäre toll, wenn du auch kommen würdest.«

Misstrauisch bog Anton seine Augenbrauen nach oben. »Damit du mich wieder mit einer deiner Singlefreundinnen verkuppeln kannst?«

»Eigentlich wollte ich dich bitten, ein Auge auf Nora und Jakob zu haben. Matthias ist doch immer noch in London. Dann könnte ich mich ein wenig besser um die Gäste kümmern. Außerdem macht sie ihren berühmten Braten.«

Anton seufzte. »Wie könnte ich da widerstehen?« Er lachte.

»Ich glaube, sie bringt auch ihre Untermieterin mit. Die wolltest du doch unbedingt einmal kennenlernen?«

Da hatte Doris allerdings recht. Tante Annegret schwärmte immerzu von der Frau, die bei ihr im Haus wohnte, wenn Anton sie wieder einmal dazu drängte, mehr Miete zu verlangen. Die Schwester seines Vaters mochte manchmal ganz schön resolut sein, doch ihr Herz war viel zu gut und er wollte nicht, dass jemand sie ausnutzte.

»Also schön. Ich komme.«

♫ They Can't Take That Away From Me ♫

Ella Fitzgerald

Resigniert tauschte Thea noch einmal den Eisbeutel aus und platzierte ihn vorsichtig auf ihrem verletzten Knöchel. Sie war dankbar für die Ruhe in diesem Moment und hoffte, ihre Gedanken und Gefühle ein wenig sortieren zu können, bevor Jule und Annegret von ihrem Spaziergang zurückkamen. Heute Morgen hatte sie den beiden versprochen, sie zu Nonna Concetta und Sofia ins *Biasinis* einzuladen. Im Augenblick verspürte sie jedoch nicht das Bedürfnis, überhaupt mit jemandem zu reden. Geradezu erleichtert war sie gewesen, als sie den Zettel von Jule gefunden hatte, auf dem sie Thea informierte, dass sie am Nachmittag mit Annegret unterwegs war.

Ihre Wangen fingen an zu glühen, als sie an die zweite Begegnung mit Anton dachte. Sein intensiver Blick und seine Hände, die wie zufällig ihre Beine berührt hatten, hatten sie völlig aus dem Konzept gebracht. Ob er wohl Single war?

Thea konnte jede Frau verstehen, die eine Schwäche für ihn hegte. Sein dunkles, volles Haar bildete einen aufregenden Kontrast zu seinen grünen Augen und er hatte schöne und gepflegte Hände. Sie musste zugeben, dass sie diesen Mann ausgesprochen sexy fand. Zugleich wirkte er vertrauenswürdig und sein Lächeln war einfach umwerfend. Zudem hatte er bewiesen, dass er ein hilfsbereiter Mensch war. Ihr Herz hatte in seiner Gegenwart viel schneller geschlagen.

Energisch schüttelte sie den Kopf. In Ihrem Leben war gerade kein Platz für einen Mann. Sie brauchte dringend einen neuen Job. Außerdem musste sie ihre Tasche bei Gustav abholen. Aber nach dem katastrophalen Ende des gestrigen Abends hatte sie keine Lust auf eine Begegnung mit ihrem Ex-Mann. Allein der Gedanke daran ließ ihre Magensäure kometenhaft nach oben schießen.

In diesem Moment hörte sie Jule und Annegret miteinander lachen. Die beiden mussten soeben nach Hause gekommen sein.

»Hallo, Mama!« Jule konnte die Überraschung in ihrer Stimme nicht verbergen. »Was machst du denn schon hier? Und warum liegst du auf der Couch?«

»Auch hallo«, murrte Thea und verschränkte die Arme vor der Brust.

Annegrets Blick fiel auf Theas Knöchel, auf dem immer noch der Eisbeutel von vorhin lag. »Bist du verletzt?«

Die beiden Frauen setzten sich zu ihr auf das Sofa.

Thea sah sie mit glasigen Augen an und schluckte. »Ich bin auf dem Heimweg gestürzt. Und meinen Job habe ich auch verloren.« Die ersten Tränen stahlen sich in ihre Augenwinkel.

Jule sog scharf die Luft ein. »Warum hast du uns denn nicht angerufen? Wir hätten dich doch abholen können!« Ein leichter Vorwurf lag in ihrer Stimme.

Annegret sagte nichts. Doch ihr aufmerksamer Blick ruhte auf Thea, die sich in diesem Augenblick fühlte wie ein unbedarftes Kleinkind, das gerade von den Erwachsenen ermahnt wurde.

»Ich habe mein Handy verlegt. Außerdem brauchte ich etwas Zeit, um den Schock zu verdauen. Mit der Kündigung habe ich wirklich nicht gerechnet.«

Annegret zog eine Grimasse. »Dieser Johann hat dich einfach rausgeschmissen, oder was?«

»Ganz so war es nun auch nicht.« Thea erzählte die Kurzversion von ihrem chaotischen Tag. Anton erwähnte sie dabei nicht.

Ungläubig schnaubte Annegret. »So ein Depp!« Man konnte förmlich hören, wie sie mit den Zähnen knirschte. »Aber vielleicht ist es ganz gut so. Wer weiß, was das Leben für dich noch bereithält, Thealein. Pasta und Ramazotti bei Concetta und Sofia tun deiner geschundenen Seele bestimmt gut. Kannst du laufen? Es ist ja nicht besonders weit.«

Entschlossen nickte Thea und ließ demonstrativ ihren Knöchel kreisen.

»Aber wenn es morgen nicht besser ist, lässt du dich von mir zum Arzt fahren, in Ordnung?« Jules Blick war eindringlich.

In diesem Moment klingelte es an der Haustür und Thea wollte aufstehen. Doch ihre Tochter hielt sie zurück. »Ich geh´ schon.«

Theas Augen wurden groß und sie schluckte schwer, als sie erkannte, wen Jule da im Schlepptau hatte, als sie zurück ins Zimmer kam.

»Gustav, was machst du denn hier?« Ihre Nerven begannen zu flattern und sämtliche Muskeln in ihrem Körper verspannten sich.

Triumphierend hielt er ihre Handtasche hoch, als wäre sie eine wertvolle Trophäe, die er erobert hatte. »Ich bringe dir deine Sachen.« Ihr Ex musterte sie wohlwollend und zwinkerte ihr verschwörerisch zu. »Gestern hast du doch deine Tasche bei mir vergessen. Oder ist dir das noch nicht aufgefallen?«

Thea hörte, wie Annegret und Jule scharf die Luft einsogen.

»Ähm, könntet ihr beide uns für einen Moment allein lassen?«, stammelte sie und kratzte sich dabei verlegen am Hinterkopf.

Annegret nickte. Doch auch wenn sie jetzt nichts sagte, wirkte ihr Gesichtsausdruck, als läge ihr eine spitze Bemerkung auf der Zunge. Sie zog Jule mit in die Küche. Thea hoffte inständig, dass die beiden nicht lauschten.

Gustav ließ sich neben Thea auf die Couch plumpsen. Für einen Moment herrschte kurzes Schweigen zwischen ihnen und verzweifelt zermarterte sich Thea das Gehirn nach einer Lösung, um den unerwünschten Gast schnellstmöglich wieder loszuwerden. Leider war Unsicherheit ein Fremdwort für Gustav und auch Selbstzweifel kannte er nicht. Zärtlich fuhr er mit seinen Fingern über ihr Handgelenk.

»Es war wirklich schön mit dir gestern. Wie gerne würde ich das wiederholen!« Gustav schaute sie an und ihr entging nicht, wie sein Blick begehrlich über den Ausschnitt ihrer Bluse wanderte. »Ich vermisse dich, Thea.«

Für einen Moment spürte sie wieder seine zärtlichen Küsse und hörte die Liebesbekundungen, die er ihr gestern ins Ohr gehaucht hatte.

Alte Liebe rostet nicht, schoss es ihr durch den Kopf.

Der Gedanke traf sie mit solcher Wucht, dass sie trotz ihres verletzten Fußes auf die Beine sprang und anklagend mit dem Zeigefinger auf Gustav deutete. Nein! Ganz bestimmt ließ sie sich von diesem Mann nicht mehr um den Finger wickeln. Zittrig holte sie Luft.

»Weißt du eigentlich, wie es er mir gestern ging, nachdem ich von deinem Balkon geflüchtet bin?« Sie wartete seine Reaktion gar nicht erst ab. »Ich habe mir den Fuß verletzt und bin in den Rosen gelandet, während du vermutlich Natascha gevögelt hast«, blaffte sie weiter.

Mit einem Satz war er bei ihr und schloss seine Arme um sie. »Es tut mir leid, Thea.« Gustav hauchte ihr einen zarten Kuss auf den Scheitel. »Das mit dem Balkon war eine dumme Idee. Ich bin so ein Idiot.«

Thea riss sich los. »Das mit uns beiden war eine dumme Idee, Gustav!«

Er fuhr sich durchs Haar und rang um Beherrschung. »Eigentlich hatte ich gehofft, dass wir beide uns wieder annähern würden.«

Thea wollte etwas Kluges und Scharfsinniges erwidern, doch in ihrem Gehirn herrschte gähnende Leere. Also schüttelte sie nur den Kopf.

»Lass es uns doch noch einmal miteinander versuchen. Wir waren früher doch ein gutes Team. Gib mir eine Chance, bitte Thea.«

»Und was ist mit Natascha?«

»Das ist kompliziert.«

Thea lachte. Es klang verbittert. Wie auf Kommando flackerten die Bilder von Gustavs Betrug vor ihr auf. Wie sehr hatte ihr Herz damals geblutet, als sie ihn nackt mit Natascha auf der Wohnzimmercouch vorgefunden hatte! Zwischen den beiden war ordentlich die Post abgegangen. Zum Glück hatte sie sich nach der Trennung sofort ein neues Sofa gekauft.

Ein flaues Gefühl machte sich in ihrer Magengegend breit. Dieses Mal war sie die andere Frau gewesen, nicht die Betrogene.

Sie wusste nicht, auf wen sie wütender sein sollte. Auf Gustav oder sich selbst, weil sie ihre Gefühle nicht unter Kontrolle hatte.

»Ich glaube, es ist besser, wenn du jetzt gehst«, sagte sie leise. Sein vertrauter Duft stieg ihr in die Nase und sie seufzte.

»Ganz wie du willst«, meinte er gnädig. »Aber du kennst mich. So einfach gebe ich nicht auf.« Er drückte ihre Hand und sein Gesichtsausdruck sprach Bände. Lächelnd drehte er sich um und verschwand zur Tür hinaus.

Für einen Moment schloss sie die Augen und versuchte, die Frage zurückzudrängen, die seit gestern in ihr brodelte. Hatte sie noch romantische Gefühle für Gustav? Und was war mit Anton, in dessen Gegenwart sie sich so wohl gefühlt hatte?

Sie wehrte sich gegen dieses mulmige Gefühl, dass sich in ihrer Magengegend ausbreitete, gegen die vielen Fragen, die in ihrem Kopf auftauchten und das Durcheinander in ihrem Herzen. Warum war das Leben auch so kompliziert?

Erschrocken zuckte Thea zusammen, als jemand sie an der Schulter berührte. »Du hast eine Affäre mit Papa?«, kreischte Jule.

Annegrets Mundwinkel zuckten. Doch zu Theas Überraschung sagte sie nichts.

Thea hielt kurz inne, um Luft zu holen. »Es ist kompliziert und nicht so, wie ihr denkt.«

»Ich kann mich noch gut daran erinnern, wie fertig du damals wegen Papa warst. Außerdem ist er jetzt mit Natascha verheiratet, oder etwa nicht? Wie kannst du nur …?«

Doch weiter kam sie nicht. Annegret hatte sie mit einer Handbewegung zum Schweigen gebracht und Thea wappnete sich für den Vortrag, den sie ihr vermutlich gleich halten würde. »Wir sollten uns langsam auf den Weg machen. Ich habe Hunger.«

Entgeistert starrten Thea und Jule sie an. War das ihr Ernst?

»Naja, ich dachte, wir wollten ins *Biasinis* gehen. Hattest du nicht erst getönt, dass du uns alle einlädst?«

Eigentlich hatte Thea mit mehr gerechnet, einer Gardinenpredigt vermutlich. Stattdessen herrschte erwartungsvolles Schweigen.

Annegret zog sie sanft am Ärmel. »Kommt, wir machen uns einen schönen Abend.«

♫ ♫ ♫

Entschlossen betraten sie das dampfige, laute Restaurant. Stimmengewirr und volle Tische deuteten darauf hin, dass viel los war, wie eigentlich immer.

Genüsslich reckte Thea ihre Nase in die Luft. Der Duft von Rosmarin, gerösteten Pinienkernen und Orecchiette Pomodori wehte ihr entgegen.

Es war brechend voll und Sofias Großmutter schleuderte Marcello an der Theke italienische Befehle entgegen. Zum Glück war Annegret so umsichtig gewesen und hatte am Morgen einen Tisch reserviert.

»Ciao, Annegret!«

Nonna hatte ihre Freundin sofort entdeckt und war auf sie zugestürmt. Wie üblich drückte sie allen einen feuchten Schmatz auf die Wange. Ihr silberfarbener Dutt wippte bei der stürmischen Begrüßung fröhlich hin und her. Ein paar freche Strähnen hatten sich aus der Haarklammer gelöst und ihre Wangen waren gerötet.

»Wie schön, dass ihr da seid!« Sie tupfte sich mit einem karierten Stofftaschentuch den Schweiß von der Stirn und führte sie zu ihrem Tisch. »Soll ich euch die Karte bringen?«

Tante Annegret schüttelte den Kopf. »Für mich das Übliche.« Sie grinste.

Seit einiger Zeit hegte sie eine Schwäche für *Bombette pugliesi*, kleine Minirouladen, die mit Caciovallo-Käse, Hackfleisch und Kräutern gefüllt wurden. Sofia und Nonna hatten nur wenige Gerichte zur Auswahl und änderten in regelmäßigem Abstand die Speisekarte. Doch Annegrets

Lieblingsspeise und die Orecchiette gehörten zu den traditionellen Klassikern, die sie immer anboten.

»Was ist mit euch?« fragte Nonna in die Runde und meinte damit Thea und ihre Tochter.

Unterwegs hatte Jule kaum ein Wort mit ihr gesprochen und auch jetzt lächelte sie nicht, sondern hob nur leicht die Mundwinkel. Anscheinend war sie immer noch sauer. Doch Thea beschloss, sich den Abend davon nicht verderben zu lassen.

»Ich hätte gerne *foccacia barese* und einen großen Salat.« Jule rückte ihren Stuhl zurecht.

»Ich bleibe bei meinen Orecchiette.« Auf ihr liebstes Pasta Gericht hatte Thea sich schließlich schon gefreut.

Zufrieden nickte die resolute Italienerin und machte sich auf den Weg in die Küche. Bevor sie weitere Gäste bediente, stellte sie im Vorbeigehen ein Tablett mit Ramazotti zu ihnen auf den Tisch.

»Auf uns, Mädels!« Feierlich reckte Annegret ihr Glas in die Luft, bevor sie es genüsslich in einem Zug leerte.

Jule bemühte sich um eine neutrale und konzentrierte Miene. »Entschuldige Mama. Ich wollte dich vorher nicht so angiften.«

»Schon gut. Es läuft bei uns beiden wohl nicht so richtig, was?«

Ihre Tochter nickte. »Aber im Ernst. Ausgerechnet Papa?«

Jetzt musste sie lachen und Thea stimmte mit ein. Annegret musterte sie amüsiert.

Lässig zuckte Thea die Schultern. »Es war ein verrückter Tag gestern. Aber ihr kennt ja noch nicht die ganze Geschichte.«

Die Atmosphäre im *Biasinis* und der Ramazotti hatten eine sichtlich beruhigende Wirkung auf Thea. Kurzentschlossen erzählte sie, was gestern passiert war. Ihren Retter erwähnte sie dabei nur am Rande und hoffte, dass Annegret nicht weiter nachbohren würde.

Die beiden Frauen amüsierten sich königlich über Thea und sie war froh, dass sich die Stimmung verändert hatte. Auch sie fühlte sich viel leichter.

Wenig später kam Nonna noch einmal zu ihnen an den Tisch. »Kann ich euch noch etwas bringen?«

Thea bestellte einen großen Milchkaffee.

»Das passt doch gar nicht zu deinen Nudeln. Warum trinkst du keinen Cappuccino? Wir sind hier schließlich nicht in Frankreich.«

Annegret zwinkerte ihrer italienischen Freundin vertrauensvoll zu. »Mittlerweile kennst du doch ihre Schwäche für Milchkaffee mit viel Schaum. Sie weiß halt nicht, was gut ist. Mir kannst du gerne einen Cappuccino bringen.«

»Hey«, protestierte Thea, »hört endlich auf, euch über meinen Geschmack in Bezug auf Kaffee lustig zu machen.«

Insgeheim amüsierte sie sich jedoch über die beiden Freundinnen und nahm es mit Humor.

Nonna stemmte die Hände in die Hüften und verdrehte die Augen. Doch wie immer brachte sie Thea den gewünschten Lieblingskaffee.

»Am Wochenende mache ich übrigens meinen berühmten Braten bei einer meiner Kochvorführungen.«

Thea verdrehte innerlich erneut die Augen. Annegret stand total auf dieses Tongeschirr, das gerade im Trend war und verdiente sich mit dieser Leidenschaft etwas zu ihrer dürftigen Rente dazu.

»Ich möchte, dass du mich begleitest.«

Energisch schüttelte Thea den Kopf. »Du weißt doch, dass ich in solchen Dingen nicht gut bin.«

»Ich könnte aber deine Hilfe gebrauchen.« Annegret duldete keine Widerrede. »Mein Neffe kommt auch. Er sieht ziemlich gut aus.«

Thea seufzte und schlug die Hände über dem Kopf zusammen. Daher wehte also der Wind! Leise kichernd presste sich Jule die Serviette vor den Mund.

»Er besucht mich regelmäßig. Leider hast du ihn bisher immer verpasst. Sonst wäre dir nicht entgangen, was für ein attraktiver Mann er ist.«

»Manche Menschen müssen eben arbeiten«, erwiderte Thea mit genervtem Unterton.

»Das hat sich ja heute erledigt.« Um Annegrets Mundwinkel zuckte ein verräterisches Lächeln. »Also kannst du mir ein wenig zu Hand gehen, bis du einen neuen Job gefunden hast.«

Der Blick, den sie Thea zuwarf, war eindringlich, aber schwer zu deuten.

♫ Just in Time ♫

Dean Martin

Die anderen hatten bereits ihre Sachen zusammengepackt und waren gegangen. Nur Benedikt, dem das leerstehende Café gehörte, war mit Anton zurückgeblieben. Mit zusammengekniffenen Augen starrte er auf das Display seines nagelneuen iPhones. In der anderen Hand schwenkte er ein Glas mit Gin. Anton schauderte. Doch sein bester Freund war der Meinung, dass dieses Getränk der perfekte Start in ein entspanntes Wochenende war. Dabei war es erst später Vormittag und gerade hatten sie ihre Bandprobe beendet.

Liebevoll strich Anton über sein Saxophon. Die Klänge von *As Time goes By* erfüllten den Raum, als er auf seinem Instrument zu spielen begann, und seine Gedanken wanderten zu Thea. Er konnte sie förmlich vor sich sehen, wie sie ihn mit ihren wachen Augen musterte und sich mit den Händen durch die wilden blonden Locken fuhr.

Erstaunt blickte Benedikt auf und pfiff anerkennend durch die Zähne. »Das war grandios. Seit wann spielst du wieder mit so viel Leidenschaft, Alter?«

Benedikt legte sein Telefon zur Seite und zündete sich eine Zigarette an. Anton hasste es, wenn er hier drinnen rauchte.

»Kannst du bitte aufhören, mich Alter zu nennen? Wir sind keine Zwanzig mehr.«

Benedikt lachte während Anton sorgsam sein Saxophon verstaute und sich schließlich zu seinem Freund an den Tresen setzte.

»Willst du auch einen Schluck?« Benedikt hielt ihm sein Glas unter die Nase, doch Anton schüttelte angewidert den Kopf.

»Nein, danke. Mir ist es eindeutig zu früh für Gin.«

»Melanie hat mich gefragt, ob wir bei der Jubiläumsfeier ihrer Firma spielen könnten.«

Anton warf ihm einen vielsagenden Blick zu. »Ist das nicht deine aktuelle Flamme?«

Benedikt klopfte lässig die Asche von seiner Zigarette. »Nicht mehr. Ständig fragt sie mich über dich aus. Ich glaube vielmehr, die Frau hat ein Auge auf dich geworfen.«

»Kein Interesse«, meinte Anton.

Konnten seine Freunde denn nicht endlich damit aufhören, ihn ständig verkuppeln zu wollen? Sogar seine Schwester unterstützte es, wenn sich ihm eine ihrer schrägen Singlefreundinnen an den Hals werfen wollte. Was war denn so schlimm daran, wenn man sein Leben gerne allein verbrachte? Er hatte ja Kurt. Und wenn ihm eine Frau über den Weg laufen sollte, die ihm gefiel, dann würde er schon wissen, was zu tun war. Oder war das längst passiert?

Ein Lächeln umspielte seine Lippen, als er an Thea dachte. Sie interessierte ihn mehr, als er zugeben wollte.

»Was grinst du denn so breit? Sag bloß, du hast jemanden kennengelernt?«

Anton wand sich auf seinem Stuhl. Eigentlich wollte er nicht von Thea erzählen, doch er wusste, dass Benedikt nicht nachgeben und ständig weiterbohren würde. Seit über zehn Jahren waren sie jetzt befreundet und kaum jemand kannte Anton so gut wie er.

»Es gibt da tatsächlich eine Frau, die mir gefällt.«

Sein bester Kumpel unterdrückte einen überraschten Aufschrei und reckte die Faust in die Luft. »Ich hab´s gewusst! Ich habe mich vorher schon gewundert, mit welcher Leidenschaft du *As Time goes By* gespielt hast. Ganz anders als sonst. Und, wer ist sie? Wo hast du sie kennengelernt? Kenne ich sie?«

So viele Fragen auf einmal. Nachdenklich blickte Anton Richtung Fenster. Die Sonne blinzelte durch die Wolken hindurch. Heute Nacht hatte es stark geregnet, was die Straßen feucht duften ließ.

Dann erzählte er Benedikt die Kurzversion von seinen beiden Begegnungen mit Thea und spürte, wie ihm die Röte ins Gesicht schoss.

Mit einem zufriedenen Grinsen schnippte Benedikt seine Kippe in eine leere Kaffeetasse, die ihm als Aschenbecher diente. »Dich hat es aber ganz schön erwischt!«

Anton winkte ab und schenkte sich großzügig Mineralwasser in ein Glas. Irgendwie genierte er sich vor seinem Freund und wollte nicht länger über Thea sprechen.

»Auf der Firmenfeier können wir selbstverständlich spielen, wenn es zeitlich passt. Hast du mit den anderen schon gesprochen?«

»Noch nicht. Ich schick euch später die Termine übers Handy.«

Anton war nicht entgangen, dass sein Freund mit den Zähnen knirschte und musterte ihn aufmerksam. Das machte er nur, wenn er nervös war. Ob er etwas auf dem Herzen hatte?

»Ich überlege, das Café wieder zu vermieten«, meinte er schließlich.

»Was? Das kannst du doch nicht machen? Wo sollen wir denn dann proben?« Es klang unwirsch und im nächsten Moment tat es Anton leid.

Die Räume gehörten Benedikt und standen seit über einem Jahr leer. Kurzerhand hatten sie das frühere Café zum Proberaum ihrer Jazzband umfunktioniert und nutzen es für private Feiern. Antons Freund war Eventmanager und ein Lebemann. Damals hatte er sich unbedingt ein eigenes Café gewünscht. Jedoch hatte Benedikt die Zeit und Arbeit unterschätzt und wenige Monate nach der Eröffnung das Handtuch geworfen.

»Warum? Geld dürfte wohl kaum das Problem sein. Oder hat dir eine deiner zahlreichen Geliebten das Konto leergeräumt?«

Ernst schüttelte Benedikt den Kopf. »Geld ist nicht der Grund. Ich habe in den letzten Tagen einfach viel nachgedacht. Irgendwie ist es doch Verschwendung, diesen Schatz hier mitten in der Regensburger Innenstadt leer stehen zu lassen.«

»Verschwendung? Seit wann machst du dir darüber Gedanken? Außerdem nutzen wir die Räume.«

»Du weißt, wie ich das meine.« Angestrengt kaute er auf seiner Unterlippe. »Vielleicht hatte Lavinia recht, als sie sagte, ich sei ein egoistisches Arschloch.«

»Moment mal«, hakte Anton ein. »Ist das nicht die Rothaarige, mit der du im Sommer ein paar Mal aus warst?«

»Jep.« Benedikt leerte ein weiteres Glas Gin in einem Zug. »Bitte sag jetzt nicht, dass du das Café an diese Schnepfe vermieten willst.«

Sein Freund benahm sich heute so untypisch, dass sich Antons Magen verkrampfte. Diese Lavinia war eine Augenweide, das musste er zugeben. Außerdem war sie eine begnadete Barista, die einen hervorragenden Milchkaffee zaubern konnte. Leider war sie sehr unfreundlich und hatte nicht besonders viel in der Birne. Er spürte große Erleichterung, als Benedikt den Kopf schüttelte.

»Auf keinen Fall. Aber meinst du nicht, dass ich es unserer Stadt schuldig bin?«

Unserer Stadt …

Anton lag eine spitze Bemerkung auf der Zunge. Bisher hatte sich Benedikt Breuer seinen hübschen Kopf nicht über solche Dinge zerbrochen. Ob ihm die Wechseljahre zu schaffen machten?

»Und wo sollen wir dann bitte proben?«, fragte Anton.

Lässig zuckte Benedikt die Schultern. »Vielleicht können wir mit dem zukünftigen Mieter darüber verhandeln. Oder ich mache es zur Bedingung, dass wir hier weiterhin einen Tag in der Woche proben können.«

Anton war sich nicht sicher, was er davon halten sollte. »Es ist deine Entscheidung, Ben.«

Nach einigem Abwägen und einer langen Pro- und Contra-Liste, hängten sie schließlich ein *zu Vermieten*-Schild ins Schaufenster.

Draußen rieb Anton seine Hände aneinander und pustete hinein. Obwohl die Sonne schien, fühlte die Luft sich kalt an. Benedikt hatte sich gerade verabschiedet.

Er warf einen Blick auf die Uhr. Bis zu dem besagten Kochabend bei seiner Schwester blieben ihm noch ein paar Stunden Zeit.

Sein Magen knurrte. Sein Frühstück heute Morgen war eher dürftig ausgefallen. Er spähte durch das Fenster ins *Biasinis*, das direkt gegenüber lag. Was gäbe er jetzt für einen Teller von Nonna Concettas berühmter Pasta! Doch wie immer war das Restaurant brechend voll. Von Gerichten zum Mitnehmen hielten die Inhaberinnen leider nicht viel.

Anton beschloss, sich auf dem Heimweg einen großen Milchkaffee und ein Stück Schokoladenkuchen zu gönnen. Aber Kaffee und Kuchen to go waren keine gute Idee, wenn man ein Instrument mit sich herumschleppte.

Auf der steinernen Brücke legte er eine Pause ein, platzierte seinen Saxophonkoffer vorsichtig neben seinen Füßen und löffelte genüsslich seinen Milchschaum. Den Schokoladenkuchen, von dem er glücklicherweise das letzte Stück ergattert hatte, würde er zu Hause genießen.

Anton ließ seinen Blick über das Wasser schweifen und atmete tief durch. Er legte die Stirn nachdenklich in Falten. Er dachte an Benedikt und das Café. Auch Theas Lächeln blitzte immer wieder vor seinem inneren Auge auf. Anton schüttelte den Kopf und schloss die Augen, um sich zu sammeln.

Schließlich entsorgte er seinen leeren Kaffeebecher im Mülleimer und machte sich auf den Heimweg. Beim Gedanken an den heutigen Abend stöhnte er innerlich auf.

Doris und ihre Kochabende! Aber auf Tante Annegret und ihren legendären Braten freute er sich riesig. Er musste nur aufpassen, dass die Kinder Kurt nicht wieder heimlich mit diversen Leckereien vom Tisch fütterten. Das letzte Mal hatte er danach ordentlich Dünnpfiff gehabt.

Einmal war auch Katja dabei gewesen, als sie noch verheiratet gewesen waren. Dabei hatte sie sich ständig über seine Schwester beschwert und sie als hausmütterlich und aufdringlich beschimpft. Dabei hatte Doris sich wirklich Mühe gegeben, freundlich zu seiner Ehefrau zu sein, die allzu gern die Diva spielte.

Gedanken und Erinnerungen an frühere Zeiten spukten durch seinen Kopf. Anton zwang sich dazu, sich wieder auf die Gegenwart zu konzentrieren und sperrte die Tür zu seiner Wohnung auf. Trübsal hatte er in den vergangenen Jahren genug geblasen. Es war Zeit für Veränderung.

♫ Solid as a Rock ♫

Ella Fitzgerald

Hingebungsvoll löffelte Thea den Milchschaum aus ihrer roten Lieblingstasse mit den weißen Punkten darauf.

»Den besten Milchkaffee gibt es einfach bei dir, Mama. Dein Baristakurs im letzten Jahr hat sich echt gelohnt«, schwärmte Jule. »Und die neue Kaffeemaschine mit dem Siebträger auch. Der Kaffee schmeckt wirklich grandios.« Nachdenklich drehte sie eine Haarsträhne zwischen Daumen und Zeigefinger und strich sie sich hinters Ohr.

»Danke, es freut mich, dass er dir schmeckt. Hast du denn eigentlich schon eine Idee, wie es weitergehen soll?«, hakte Thea vorsichtig nach.

Sie war sich nicht sicher, ob es eine gute Idee war, Jule so kurz nach der Trennung darauf anzusprechen. Ihre Tochter umklammerte ihren Kaffeebecher und bemühte sich um einen fröhlichen Gesichtsausdruck. Doch die dunklen Ränder unter ihren Augen konnten nicht darüber hinwegtäuschen, dass es ihr nach wie vor nicht gut ging.

»Ich weiß es nicht«, antwortete sie ehrlich. »Eigentlich hatte ich gedacht, dass mir die Trennung von Patrick viel leichter fallen würde.«

»Aber das tut es nicht.«

Jule nickte. Ihre Augen füllten sich mit Tränen und ihre Schultern bebten. Thea strich ihr über die Hand und drückte sie sanft.

»Das wird wieder. Es dauert eine Weile. Aber es wird wieder. Glaub mir, ich weiß, wovon ich rede.«

Ein winziges Lächeln umspielte Jules Lippen. »Meinst du damit die Trennung von Papa?«

Verlegen zuckte Thea die Schultern. »Vermutlich.«

»Glaubst du, dass ihr beide wieder zusammenkommt?«

Energisch schüttelte Thea den Kopf. »Nein. Die Sache mit deinem Vater war ein einmaliger Ausrutscher. Mehr nicht.«

Sie ließ den Blick aus dem Fenster schweifen. Die Nachmittagssonne hatte das Wohnzimmer in ein honiggelbes Licht getaucht und passte so gar nicht zu dieser Schwere, die sie in ihrem Herzen verspürte. Ihre Kehle wurde eng und sie schluckte, als sie an Gustav dachte.

Plötzlich tauchte wieder Antons Bild vor ihr auf und sie musste sich ein Grinsen verkneifen, als sie dran dachte, wie sie in Unterwäsche vor ihm gestanden hatte. Sie schüttelte den Kopf. Der Trick bestand darin, sich immer wieder einzureden, dass sie von Männern vorerst genug hatte.

»Ich weiß nicht, ob ich dir das abnehme. Du bist doch überhaupt nicht der Typ für solche Ausrutscher.« Beim letzten Wort malte Jule mit ihren Fingern imaginäre Gänsefüßchen in die Luft. »Sonst warst du immer so vernünftig. Aber du wirst schon wissen, was du tust.«

Thea biss sich auf die Lippe, um keinen Streit vom Zaun zu brechen. Es gab Dinge, die wollte sie nicht mit ihrer Tochter besprechen.

»Nächste Woche habe ich einen Termin mit einem Studienberater. Außerdem möchte ich mir einen Job suchen«, erzählte Jule stolz.

Beeindruckt vom Tatendrang ihrer Tochter grinste Thea. Aber eigentlich sollte sie das nicht überraschen. Bevor Jule sich in diesen Patrick verschossen hatte, war sie immer sehr zielstrebig gewesen. Doch dann hatte sie sich immer mehr seinen Wünschen angepasst und dabei war nichts Gutes herausgekommen.

»Das klingt gut. Wie gesagt, du kannst bei mir wohnen, so lange du willst. Ich finde es schön, wenn wir beide ein bisschen Zeit miteinander haben.«

Auf dem Tisch brummte Theas Handy. Mit dem Daumen strich sie über das Display. Eine Nachricht von Annegret. »Ich muss los, Julchen. Annegret will sich mit mir im Biosupermarkt treffen. Anscheinend müssen wir noch ein paar Sachen besorgen.«

Thea verdrehte die Augen. Viel lieber würde sie es sich mit ihrer Tochter auf der Couch gemütlich machen, eine Pizza bestellen und *Die Gilmore Girls* schauen.

»Stimmt! Heute ist ja der Kochabend bei ihrer Nichte. Laut Annegret soll deren Bruder ein echter Hingucker sein.« Jule lachte. Ein wissendes Funkeln trat in ihre Augen. »Wer weiß? Vielleicht hast du mehr Spaß, als du glaubst?« Sie zwinkerte ihrer Mutter zu und formte mit ihren Lippen einen Kussmund.

Thea zog die Nase kraus. »Das kann ich mir nicht vorstellen.«

»Aber verdirb Annegret nicht den Spaß bei der Sache. Sie ist doch auch immer für uns da, wenn wir sie brauchen.«

»Ich geb´ mir Mühe«, versprach Thea, bevor sie die Tür hinter sich zuzog und sich auf den Weg machte.

Sie hielt ihr Gesicht der Sonne entgegen und schlenderte durch die Regensburger Innenstadt. Mit jedem Schritt entspannte sie sich mehr. Wenigstens würde der Abend sie von dem ewig gleichen Gedankenkarussell ablenken.

Thea bog um die Ecke auf den Neupfarrplatz. Vielleicht blieb ihr später noch Zeit, in *Connys Bücherecke* vorbeizuschauen. Dann könnte sie sich den neuen Krimi von Elisabeth George kaufen. Langsam ging ihr der Lesestoff aus und Thea konnte es überhaupt nicht leiden, wenn sie an einem langweiligen Sonntagnachmittag kein Buch hatte, in dem sie schmökern konnte.

Schon von Weitem erkannte sie Annegret, die auf der anderen Straßenseite wie ein Gummiball auf und ab hüpfte, wild mit den Armen herumfuchtelte und rief: »Hier drüben bin ich, Thealein!«

Annegrets freudige Begrüßung entlockte ihr ein Lächeln. Begeistert klatschte sie in die Hände. »Los geht´s!«. Sie warf Thea einen auffordernden Blick zu. »Wir brauchen noch ein paar Zutaten.«

Schließlich betraten sie den Biosupermarkt, in dem Annegret regelmäßig ihre Lebensmittel besorgte. Wenige Minuten später war der Einkaufswagen randvoll.

»Ich dachte, du brauchst nur ein paar Zutaten?«

Entspannt zuckte Annegret die Schultern. »Mir sind spontan noch ein paar Beilagen eingefallen, die wir zu meinem berühmten Braten servieren können. Es gibt gefüllte Champignons mit Crème fraîche und frischen Kräutern und natürlich Herzoginkartoffeln mit Rosmarin. Die mag Anton doch so gerne.«

Bei der Erwähnung dieses Namens zuckte Thea kurz zusammen. »Wer ist Anton?«

Annegret schnalzte mit der Zunge. »Na, mein Neffe natürlich. Außerdem hat mir Concetta endlich das Rezept für ihre grandiose Pannacotta verraten. Die gibt es als Nachspeise. Für die hat Doris eine Schwäche.«

Zufrieden bezahlte Annegret an der Kasse. »Ich habe das Auto in der Tiefgarage geparkt.«

Thea schlug die Hände über dem Kopf zusammen. Allein bei dem Gedanken, gleich neben Annegret auf dem Beifahrersitz kauern zu müssen, und das Beste zu hoffen, wurde ihr übel.

Mit einer lässigen Handbewegung warf Annegret Thea den Schlüssel entgegen, als hätte sie deren Gedanken gelesen. »Hier. Ich weiß doch, dass du mich für eine grauenhafte Autofahrerin hältst«, sagte sie ein wenig verschnupft.

Erleichtert klaubte Thea den Schlüssel vom Boden, den sie vor Überraschung hatte fallen lassen. »Können wir die Sachen im Auto verstauen und noch kurz zum Buchladen schauen?«

Annegret warf einen Blick auf ihre Armbanduhr und nickte. »Das schaffen wir.« Die beiden beeilten sich und räumten die Einkäufe in Annegrets Auto.

Die Vermieterin hakte sich bei Thea unter und gemeinsam bummelten sie zu *Connys Bücherecke*. Als Thea das große Plakat im Schaufenster gegenüber entdeckte, hielt sie kurz inne und blieb schließlich direkt davor stehen. Ihre Augen weiteten sich vor Überraschung.

»Die wollen tatsächlich dieses Café hier wieder vermieten.«

»Das steht doch schon seit Ewigkeiten leer.«

Der Gedanke, dass Regensburg möglicherweise bald wieder um ein gemütliches Café reicher war, gefiel Thea. Sie dachte an ihre Zeit während des Studiums, in der sie als Kellnerin in verschiedenen Cafés gejobbt hatte, und all die Aufregung, die ihr das Leben damals geboten hatte.

»Als Studentin habe ich heimlich davon geträumt, eines Tages ein eigenes Café zu haben.«

Annegret musterte sie interessiert aus den Augenwinkeln. »Und was ist daraus geworden?«

»Das war doch nur eine Spinnerei. Ich hatte ja gar keine finanziellen Sicherheiten. Und überhaupt …« Thea spürte Annegrets Hand auf ihrer Schulter.

»Vielleicht ist das hier ein Zeichen und jetzt ist die richtige Zeit, um einen alten Traum zu leben.«

Thea lachte. Doch Annegrets aufmerksamer Blick lag immer noch auf ihr.

»Meinst du das ernst? Ich dachte, das sollte ein Witz sein. Und seit wann glaubst du an Zeichen?«

»Vielleicht kennst du mich einfach nicht so gut, wie du glaubst.« Sie zwinkerte Thea zu und klang weder genervt noch verärgert. »Warum lässt du dir die Sache nicht mal durch den Kopf gehen, Thealein?«

Angestrengt biss Thea sich auf die Unterlippe. »Auf keinen Fall. Ich glaube nicht, dass das was für mich ist.

Außerdem habe ich überhaupt kein finanzielles Polster, das mir einen großen Spielraum lässt.«

»Und was wäre, wenn du dir über solche Dinge überhaupt keine Gedanken zu machen brauchst?« wollte Annegret wissen.

»Wie meinst du das?«

»Na ja. Nehmen wir mal an, jemand würde dich finanziell unterstützen.«

»Und mit *jemand* meinst du zufällig dich?« Thea schmunzelte.

»Genau. Das ist kein Problem für mich. Ich hab doch noch das Geld von Georgs Lebensversicherung. Gott hab ihn selig. Außerdem habe ich doch neben den Kochabenden noch ein kleines Geschäft laufen.«

Ein kleines Geschäft. Bisher hatte Annegret immer so ein Geheimnis daraus gemacht und so wie es aussah, wollte sie auch jetzt nicht näher mit der Sprache herausrücken.

»Außerdem kenne ich zufällig den Inhaber. Da lässt sich mit der Miete bestimmt handeln.« Ihre Stimme klang feierlich und Thea musste grinsen. »Du kannst ja mal unverbindlich Pläne schmieden. Dann sehen wir weiter. Außerdem würde es dich von deinen Männerproblemen ablenken.«

Thea seufzte. Sie hatte geahnt, dass Annegret die Sache mit Gustav nicht auf sich beruhen lassen konnte.

»Das mit Gustav kann ja wohl nicht dein Ernst sein. Ich hoffe, das war wirklich nur ein Ausrutscher. Der Mann ist einfach nicht gut für dich.« Annegret zog eine Grimasse. »Also, was meinst du?«

»Mal sehen.«

Thea lockerte ihr Halstuch und knöpfte ihre Jacke auf. Die Sonne im Nacken war eine Offenbarung. Irgendwie ließ sie der Gedanke an ein eigenes Café mit einem Mal nicht mehr los. Doch das würde sie Annegret vorerst nicht verraten.

»Hol schnell dein Buch. Wir sollten uns langsam auf den Weg machen. Ich warte inzwischen hier draußen und genieße die Sonne ein wenig.«

Thea beeilte sich. Gerne hätte sie noch ein wenig mit Conny, der Inhaberin, geplaudert. Ein anderes Mal vielleicht.

»Tante Annegret!«, rief eine blonde Frau, die lässig am Türrahmen gelehnt hatte und angelaufen kam, kaum dass Thea den Motor abgestellt hatte. Sie umarmte Annegret zur Begrüßung und schüttelte Thea die Hand. »Hi, ich bin Doris. Du musst Thea sein. Schön, dich endlich kennenzulernen.«

Ihr Händedruck war fest. Ihre Augen leuchteten wie ein Bergsee an einem klaren Sommertag und strahlten mit ihrem Lächeln um die Wette. Doris Wangen schimmerten rosig und ein paar kecke Strähnen hatten sich aus ihrem Pferdeschwanz gelöst.

Annegrets Nichte war Thea auf Anhieb sympathisch.

»Annegret hat mich gebeten, ihr heute Abend zu helfen. Von ihrem Braten verstehe ich allerdings nicht so viel. Also garantiere ich für nichts.«

Doris lachte herzlich und half ihnen dabei, die Sachen ins Haus zu tragen.

Thea ließ ihren Blick über die offene Küche und das geräumige Wohnzimmer gleiten. Sie war beeindruckt von der gelungenen Mischung aus rustikalen Holzmöbeln und modernen Designerstücken.

»Gemütlich habt ihr es hier.«

Auf dem Boden lagen ein paar Spielsachen verstreut und Thea musste aufpassen, um auf keinen der Legosteine zu treten.

Doris zuckte entschuldigend die Schultern. »Ich habe es aufgegeben, meinen Kindern ständig hinterher zu räumen. Dann würde ich den ganzen Tag nämlich nichts anderes tun. Dafür habe ich eine Schwäche für Dekokram und Wohnzeitschriften.«

»Das kommt mir bekannt vor. Als meine Tochter noch klein war, musste man sich den Weg zur Couch jedes Mal freischaufeln. Überall lagen ihre Playmobilfiguren herum«, erinnerte sich Thea.

»Wo ist eigentlich mein Lieblingsneffe?«, unterbrach Annegret die beiden, nachdem sie das ganze Kochzubehör und die Zutaten um den Bartresen herum zu ihrer Zufriedenheit angerichtet hatte.

In dem Moment ging die Terrassentür auf und ein großer Hund, der Thea irgendwie bekannt vorkam, sauste gefolgt von zwei Kindern an ihnen vorbei.

»Hey ihr beiden, macht mal ein bisschen langsamer!«, ermahnte Doris ihre beiden Kinder.

»Tante Annegret! Wie schön, dass du da bist«, drang eine männliche Stimme durch die Tür.

Unmerklich zuckte Thea zusammen und drehte sich abrupt um. Mit großen Augen starrte sie den Mann an.

»Das ist Thea, Annegrets Untermieterin«, erklärte Doris.

Auch Anton stand die Überraschung ins Gesicht geschrieben. Er schob die Finger in die Gesäßtasche seiner Jeans und grinste verlegen. Sein Blick wanderte zu ihren Augen, dann tiefer.

Thea spürte, wie ihr die Röte ins Gesicht schoss. Ein leises Kribbeln sauste durch ihren Körper, als sie an ihre letzte Begegnung dachte.

»Ich habe Annegret versprochen, zu helfen.« Thea schluckte und ärgerte sich über die Unsicherheit in ihrer Stimme.

»Ihr beide kennt euch?« fragte Antons Schwester. Interessiert blickten Doris und Annegret zwischen den beiden hin und her.

Das Herz in Theas Brust schlug ungewohnt rasant. Wie sollte sie erklären, woher sie Anton kannte? Ihr Gehirn befand sich gerade im Tiefschlaf. Zum Glück eilte Anton ihr zu Hilfe.

»Wir sind uns mal bei einem Spaziergang begegnet«, nuschelte er in seinen Dreitagebart. »Kurts Leine hatte sich um ihre Beine gewickelt.«

Ein amüsiertes Funkeln trat in Annegrets Augen. »Habe ich nicht gesagt, dass mein Neffe ein attraktiver Mann ist? Ich wusste, dass er dir gefällt.«

Thea schlug die Hände über dem Kopf zusammen. Warum musste Annegret sie auch so in Verlegenheit bringen? Doch bevor sie sich darüber Gedanken machen konnte, klingelte es an der Tür.

»Das werden die anderen Mädels sein«, meinte Doris und Thea konnte bereits das laute Stimmengewirr und Lachen hören, das von draußen zu ihnen hereindrang.

♫ You´re Nobody Till Somebody Loves You ♫

Dean Martin

Anton schloss für einen kurzen Moment die Augen und sein Herz schlug schneller.

Mit Thea hatte er nicht gerechnet und erst recht nicht damit, dass sie sein Gefühlsleben so dermaßen durcheinanderwirbeln würde. Er hatte das nicht geplant. Er wollte keine Schmetterlinge im Bauch fühlen und er hatte auch keine Lust, sich zu verlieben.

All die süßen Versprechen, die man sich am Anfang einer Beziehung gab, lösten sich im Laufe der Jahre doch sowieso in Luft auf. Statt liebevoller Worte, zärtlicher Küsse und leidenschaftlichem Sex gab es dann Streitereien und Vorwürfe. Bei Katja und ihm war das so gewesen.

Anton fühlte sich nicht bereit für die Liebe. Doch jedes Mal, wenn er Thea sah, verspürte er das Bedürfnis, ihr eine ihrer widerspenstigen Locken hinters Ohr zu streichen, und den Wunsch, ihr ein Lächeln zu entlocken. Denn das fand er umwerfend. Er mochte die Farben ihrer Augen, dunkelbraun mit goldenen Sprenkeln. Die waren ihm bereits bei ihrer ersten Begegnung aufgefallen. Sein Puls raste jedes Mal schneller, wenn sie in der Nähe war.

Die Tür flog auf und Doris samt ihren Freundinnen rauschte ins Wohnzimmer.

Auch das noch!

Ariane war mit von der Partie. Langsam wusste er nicht mehr, wie er sich die aufdringliche Freundin seiner Schwester vom Leib halten sollte. Allmählich wurden ihre Annäherungsversuche peinlich. Das hatte er alles Doris zu verdanken, weil die ihn unbedingt verkuppeln wollte. Ariane war eine hübsche Frau, keine Frage. Dunkle lange Haare, die ihr wie Seide über den Rücken fielen, grüne Katzenaugen und ein süßer Schmollmund.

Aber entweder der Funke sprang über oder eben nicht. Bei ihm war zweiteres der Fall.

Gerade als er sich davonschleichen wollte, spürte er eine Hand auf der Schulter. »Anton.«

Er verdrehte die Augen, denn er wusste genau, wem diese Stimme gehörte. Doch es wäre unhöflich, wenn er sich jetzt nicht zu ihr umdrehte.

»Hallo, Ariane. Ich wusste gar nicht, dass du auch kommst.«

Sie hauchte ihm einen Kuss auf die Wange. Aus den Augenwinkeln konnte er erkennen, dass Thea die Situation interessiert beobachtete. Schnell schob er Ariane von sich.

»Eigentlich habe ich gehofft, dass du mich anrufst.«

Anton atmete tief durch. »Ariane, ich dachte, du hättest mich verstanden, als ich dir beim letzten Mal gesagt habe, dass ich kein Interesse an dir habe.«

Selbstbewusst strich sie sich das lange Haar zurück auf den Rücken. »Natürlich hast du das. Du weißt es nur noch nicht.«

Das konnte doch nicht wahr sein!

»Ich muss nach den Kindern sehen. Wenn du mich also bitte entschuldigst.« Er schob sich an ihr vorbei und machte sich auf die Suche nach Nora und Jakob.

Aufdringliche Frauen, wie Ariane eine war, konnte er auf den Tod nicht ausstehen. Auf dem Weg ins Kinderzimmer nahm er zwei Stufen auf einmal.

In Noras Zimmer fand er die beiden auf den Boden sitzen. Jakob versteckte etwas unter Noras Bettzeug. Doris Tablet, das hatte Anton genau gesehen, und er musste sich ein Grinsen verkneifen. Kurt lag auf dem Boden, den Kopf auf Noras Schoß und döste vor sich hin.

»Na ihr zwei, habt ihr Lust auf eine Runde *Mensch ärgere dich nicht*?«

Nora zog eine Schnute und sah ihn mit großen Augen an. »Eigentlich wollen wir viel lieber den Film auf Mamas Tablet fertig schauen.«

»Mann, Nora! Musst du alles verraten? Du weißt doch genau, dass wir das eigentlich nicht dürfen, ohne Mama vorher zu fragen«, schimpfte Jakob, woraufhin seine kleine Schwester nur entschuldigend die Schultern zuckte.

»Onkel Anton ist doch nicht blöd. Der hat genau gesehen, wie du es vorher versteckt hast.«

Anton griff nach dem Tablet unter Noras Bettdecke mit den bunten Einhörnern drauf. Mit seinem Daumen fuhr er über den Bildschirm und lachte, als er den Film erkannte. »Ein Hund namens Beethoven!«

Zufrieden nickte Nora. »Wir dachten, der Film würde Kurt auch gefallen.«

Ihre Wangen schimmerten rosig und Anton wuschelte ihr durchs Haar.

»Bitte verrat es nicht Mama.« In gespielter Verachtung verdrehte Jakob die Augen. »Die ist da echt streng.«

»Ich sag kein Wort. Aber ich glaube nicht, dass sie etwas dagegen hat, wenn ihr den Film fertig anschaut. Meine Erlaubnis habt ihr. Ich geh dann mal wieder runter zu den anderen.« Er zwinkerte den beiden verschwörerisch zu.

Auf dem Weg nach unten lief er Doris in die Arme, die gerade eine Flasche Wein aus dem Keller geholt hatte.

»Wo sind denn meine beiden?«

»Oben. Sie schauen einen Film auf dem Tablet. Ein Hund namens Beethoven. Ich habe gemeint, das wäre schon in Ordnung.«

Doris lachte. »Ich habe vorhin schon bemerkt, dass Nora mit dem Tablet nach oben geschlichen ist. Aber da war ich mit

Thea und dir beschäftigt. Sie gefällt dir wohl, was?«, neckte sie ihn.

Er erwiderte ihren Blick ungerührt. »Quatsch. Das bildest du dir nur ein. Hör lieber auf, mich ständig verkuppeln zu wollen. Das geht mir auf den Zeiger. Ariane ist immer noch hinter mir her.«

Doris packte ihn am Arm und zog ihn mit sich in das Wohnzimmer. »Vielleicht kann ich nachher mal ein ernstes Wort mit ihr reden.« Sie konnte sich ein Lachen nicht verkneifen. »Aber jetzt machen wir uns erstmal einen schönen Abend und genießen Annegrets Braten.«

Ein köstlicher Duft nach Rosmarin und gebratenem Fleisch stieg ihm in die Nase. Er machte es sich auf dem cremefarbenen Lieblingssessel seiner Schwester bequem, weit weg von Ariane, und hoffte, möglichst unbemerkt zu bleiben.

Tante Annegret war schwer damit beschäftigt, den Damen die Vorzüge ihres geliebten Tongeschirrs zu erläutern, während Thea konzentriert versuchte, überdimensionale Champignons mit einer Creme zu befüllen. Dabei tropfte ständig etwas von der weißen Masse daneben und überhaupt wirkte sie ein wenig nervös und angespannt.

Für einen kurzen Moment sah sie auf und fing seinen Blick ein. Anton Herzschlag geriet völlig aus dem Takt. Thea hatte eine von Annegrets zahlreichen geblümten

Kochschürzen umgebunden, ihre Wangen waren leicht gerötet und konzentriert wandte sie sich wieder ihrer Aufgabe zu.

Diese Frau sah gerade einfach zum Anbeißen aus!

Thea kramte ein paar Zutaten aus Tante Annegrets riesigem Einkaufskorb und wollte gerade etwas aus einer Schublade holen, als sie sich zu schnell umdrehte und das Blech aus Ton samt den mühevoll befüllten Champignons zu Boden fegte. Alle zuckten erschrocken zusammen und für einen kurzen Moment herrschte Stille.

»Oh nein! Das tut mir so leid!« Thea schlug die Hände über dem Kopf zusammen, doch Annegret schob sie lässig zur Seite, damit sie nicht in die Scherben trat. »Ist doch nichts passiert, Thealein. Wir haben ja noch die Kartoffeln.«

Anton bekam mit, wie Ariane schadenfroh kicherte. Doch statt sich darüber aufzuregen, schnappte er sich einen Besen und machte sich daran das Chaos zu beseitigen, während Annegret ihren Vortrag beendete und Doris den Tisch deckte.

»Danke.« Thea schenkte ihm ein breites Lächeln und sofort wurde ihm warm ums Herz. »Ich wusste, dass nichts Gescheites dabei herauskommt, wenn ich Annegret helfe. Diese Kochabende sind einfach nicht mein Ding.«

»Ich bin eigentlich auch kein Fan davon. Aber ich habe Doris versprochen, auf die Kinder aufzupassen. Dabei wäre das gar nicht nötig gewesen. Die beiden schauen oben mit

Kurt einen Film.« Er räusperte sich verlegen. »Ich habe nicht damit gerechnet, dass wir uns so schnell wiedersehen.«

Bevor sie antworten konnte, klatschte Tante Annegret in die Hände. »Essen ist fertig!«

Sie holte Nora und Jakob aus dem Kinderzimmer und scheuchte Kurt hinaus in den Garten. Sie konnte es nicht leiden, wenn der riesige Hund unter dem Tisch lag, was meistens der Fall war, wenn es etwas Leckeres zu essen gab. Schließlich könnte es ja sein, dass jemandem aus Versehen etwas hinunterfiel.

Anton setzte sich auf einen freien Stuhl und gerade als Ariana sich neben ihm niederlassen wollte, verscheuchte Tante Annegret seine aufdringliche Verehrerin.

»Tut mir leid Liebes. Aber das ist mein Platz. Schließlich muss ich immer zwischen Küche und Esstisch hin und herlaufen. Drüben bei den Kindern ist noch ein Platz frei.«

Er musste sich ein Grinsen verkneifen, als ihn Arianes finsterer Blick traf und ihre Schläfen vor Wut pochten.

Tante Annegret verteilte den Braten samt Kartoffeln auf den Tellern. »Thea und ich sind heute an dem Café vorbeigekommen. Benedikt will es also wieder vermieten?«

Anton legte die Gabel beiseite und trank einen Schluck Wasser. Wie immer schmeckte der Braten absolut köstlich. »Ja, das war eine ganz spontane Entscheidung von ihm. Warum fragst du?«

»Thea hat vielleicht Interesse.«

Überrascht sah Anton zu ihr hinüber.

Kaum merklich schüttelte sie den Kopf. »Das war nur so eine Spinnerei, nicht der Rede wert.«

Ihre Stimme klang unsicher und Anton entging nicht, dass sie sich über den Vorstoß seiner Tante ärgerte.

»Der Vermieter ist ein guter Freund von mir. Soll ich mal mit ihm reden?«

Energisch nickte Annegret, während Thea wieder den Kopf schüttelte. »Danke, das ist nicht nötig.«

Am Tisch herrschte eine ausgelassene Stimmung. Doris und ihre Freundin Wilma bestritten das Gespräch und unterhielten den Rest mit Anekdoten aus dem letzten gemeinsamen Familienurlaub.

Verstohlen wanderte Antons Blick immer wieder hinüber zu Thea, die ganz in Gedanken versunken schien. Wenig später nahm Annegret die zahlreichen Bestellungen entgegen. Tante Annegret war die geborene Verkäuferin und ihre Leidenschaft zahlte sich aus.

»Hast du morgen nicht Lust, mich zum Essen einzuladen?« Er musste sich nicht umdrehen, um zu wissen, dass Ariane hinter ihm stand. Schon von Weitem roch er ihr aufdringliches Parfüm, das nach Nelken und Vanille duftete.

Schließlich wandte Anton sich ihr zu. »Ariane, ich habe kein Interesse. Wie oft soll ich dir das noch sagen?« Er macht sich erst gar nicht die Mühe, den gereizten Ton in seiner Stimme zu unterdrücken.

Seine Bewunderin schnaubte empört und verschränkte die Arme vor der Brust. »Du hast keine Ahnung, was dir entgeht.«

Da spürte er eine warme Hand auf seinem Rücken.

»Anton? Kann ich dich kurz sprechen? Ich wollte dich wegen des Cafés noch etwas fragen.« Thea schenkte ihm ein strahlendes Lächeln.

Ariane verdrehte die Augen. »Meine Nummer hast du ja«, murrte sie und rauschte davon.

»Ich muss kurz in den Garten und nach Kurt schauen. Kommst du mit?«

Thea nickte und folgte ihm hinaus.

Anton spürte die neugierigen Blicke seiner Tante und den anderen Frauen ganz deutlich im Rücken. Doch das war ihm egal. Kurt war mit einem Ball beschäftigt, den die Kinder draußen vergessen hatten und nahm sie überhaupt nicht zur Kenntnis.

»Was willst du denn wissen?« Er machte einen winzigen Schritt zur Seite. Ihre Nähe machte ihn nervös.

Ihre verwirrte Miene verriet, dass es ihr ähnlich ging. »Was meinst du?«

Ein zärtliches Lächeln umspielte seine Lippen. »Du wolltest mich doch über das Café ausfragen?«

Thea strich sich eine Strähne hinters Ohr. »Eigentlich wollte ich dich nur vor deiner Verehrerin retten. Sie wirkte ein wenig aufdringlich. Da bin ich dir ritterlich zu Hilfe geeilt. Schließlich hast du mich auch schon zweimal aus einer misslichen Lage befreit.«

Er schob seine Finger in die Gesäßtaschen seiner Jeans, so, wie er es immer tat, wenn er verlegen war. »Das war sehr nobel von dir. Und? Willst du mir jetzt endlich erzählen, was du in den Rosen zu suchen hattest?«

Entschlossen schüttelte sie den Kopf. Gleichzeitig musterte sie ihn weiter, ohne dass ihr Lächeln verschwand.

Wie gerne würde ich jetzt meine Lippen über ihre gleiten lassen!

Hitze stieg in seine Wangen. Kein Muskel an seinem Körper schien sich zu bewegen.

»Du schuldest mir noch einen Kaffee.« Anton hatte keinen Schimmer, wie er Thea um ein Date bitten könnte. Er war einfach aus der Übung.

Mit einem Mal stand Annegret in der Tür. »Thealein! Kommst du? Wir sollten langsam mal los!«, rief sie in den Garten. Seine Tante erwischte aber auch immer den unpassendsten Moment!

»Ich habe auch noch dein Jackett«, erwiderte Thea grinsend und zwinkerte ihm frech zu.

»Mein Bruderherz ist verknallt!«, sang Doris immer wieder fröhlich vor sich hin, während sie eine Flasche Wein aufmachte.

Die Kinder hatten sie kurz zuvor ins Bett gebracht. Natürlich musste Anton den Part des Geschichtenerzählers übernehmen. Nora und Jakob liebten es, wenn er ihnen vor dem Schlafengehen erzählte, was Kurt die Woche über für Unsinn getrieben hatte.

»Hör endlich auf mit dem Quatsch! Wir sind doch nicht im Kindergarten.«

»Ach, komm schon. Du kannst ruhig zugeben, dass sie dir gefällt.« Doris ließ sich auf den Stuhl gegenüber plumpsen.

»Sie sieht nicht übel aus«, gab er zu.

»Ich finde sie echt nett. Ein bisschen tollpatschig vielleicht, aber sehr sympathisch die Frau.«

»So was kann doch jedem Mal passieren.« Anton klang schroffer als beabsichtigt.

»Entschuldige, dass ich deine Traumfrau kritisiert habe.« Doris kicherte und Anton verdrehte die Augen.

»Jetzt mal im Ernst. Thea scheint wirklich in Ordnung zu sein. Außerdem glaube ich, dass sie auf dich steht. Warum bittest du sie nicht einfach um ein Date?« Sie prostete ihm mit ihrem Glas zu.

»Du glaubst, sie steht auf mich?«

Dieses Mal war Doris diejenige, die die Augen verdrehte.

»Hast du nicht bemerkt, wie sie dich angesehen hat?«

Anton schüttelte den Kopf. Seine Schwester seufzte.

»Ihr Männer kapiert manchmal aber auch gar nichts.«

Er ignorierte ihre Bemerkung gekonnt und hauchte ihr einen Kuss auf den Scheitel. »Ich mach mich dann auch mal auf den Weg. Bin hundemüde.«

Doris holte Kurts Leine und begleitete Anton bis zur Haustür. »Träum was Schönes, Bruderherz.«

Er war froh, dass er noch etwas frische Luft schnappen konnte, bevor er ins Bett ging.

Wie hatte Thea das gemeint? Würde sie ihm das Jackett vorbeibringen? Wollte sie ihn auch wiedersehen?

Ihm flirrte der Kopf von den vielen Gedanken und dem Glas Weißwein, das er mit Doris getrunken hatte. Er ahnte, dass ihm eine schlaflose Nacht bevorstand. Thea hatte ihm ganz schön den Kopf verdreht und langsam konnte er das leise Kribbeln nicht mehr ignorieren, dass er immer verspürte, wenn sie in der Nähe war.

♫ Don't You Worry 'Bout A Thing ♫

Cal Tjader & Carmen McRae

Das Klappern von Geschirr, lautes Stimmengewirr und Gelächter ließen Thea laut aufstöhnen. Ein Blick auf den Wecker verriet ihr, dass es erst kurz nach acht Uhr am Morgen war. Jule und Annegret machten sich überhaupt keine Mühe, bei ihren Frühstücksvorbereitungen leise zu sein. Warum hatte sie dem nur zugestimmt? Sonntägliche Treffen in aller Frühe sollten verboten werden. Sonst bestand Annegret doch auch immer auf ihren Schönheitsschlaf. Doch nach dem Abend zuvor, den sie bei Doris verbracht hatten, hatte sie Thea zu einem gemeinsamen Frühstück überredet. Schließlich hätten sie wichtige Dinge zu besprechen.

Thea zog sich die Decke über den Kopf. Die Sache mit dem Café hatte sich in ihrem Gehirn festgesaugt und nach der überraschenden Begegnung mit Anton war an Schlaf nicht mehr zu denken gewesen. Ständig tauchte sein Bild vor ihr auf. Sie musste zugeben, dass sie ihn wahnsinnig attraktiv fand.

Anton war nicht unbedingt schön im klassischen Sinne und vermutlich bekäme er auch nicht die Hauptrolle in einem Cola-Light-Werbespot. Aber er hatte definitiv etwas an sich, das vielen Frauen zu gefallen schien. Das hatte sie erst gestern feststellen müssen. Diese Ariane!

Thea mochte sein dunkles, volles Haar und sie bekam jedes Mal eine Gänsehaut, wenn er sie mit seinen grünen Augen interessiert musterte. Wenn man genauer hinsah, schimmerten sie türkis. Der leichte Bauchansatz ließ ihn nicht weniger sexy wirken. Im Gegenteil. Thea fand, es war ein dummes Vorurteil, dass Frauen nur auf Sixpacks bei Männern abfuhren.

Sie drehte sich auf den Rücken und starrte gegen die Decke. Erst hatte sie sich von Gustav verführen lassen und jetzt verdrehte ihr auch noch dieser Anton den Kopf. Nein, sie konnte nicht leugnen, dass ihr Herz in seiner Gegenwart deutlich schneller schlug und die Schmetterlinge im Bauch erste Loopings drehten. Doch für die Liebe hatte sie nun weder Zeit noch Nerven. Diese Männer hatten ihr ganz schön den Verstand vernebelt!

Dabei gab es gerade viel wichtigere Dinge in ihrem Leben. Jule zum Beispiel. Die brauchte sie jetzt ganz dringend. Außerdem wollte Thea sich unbedingt einen neuen Job besorgen. Vielleicht würde sie schon bald ein eigenes Café besitzen? Da blieb keine Zeit für irgendwelche romantischen Anwandlungen. Sie war schließlich kein Teenager mehr.

Du hast Angst, flüsterte ihre innere Stimme, die immer in den unpassendsten Augenblicken auftaucht. *Du hast einfach Angst, dich zu verlieben.*

Mit einem Satz sprang Thea auf die Beine, riss das Fenster auf und gönnte sich einen tiefen Atemzug.

So ein Quatsch! Ich habe überhaupt keine Angst! Mir fehlt einfach nur die Zeit für einen Mann.

Im Badezimmer band sie sich ihre Locken zu einem wirren Knoten zusammen, der große Ähnlichkeit mit einem Vogelnest hatte, putzte sich die Zähne und trug ein wenig Make-up auf. Thea wollte nicht, dass Jule und Annegret auf den Gedanken kämen, dass es ihr nicht gut ging. Vorsichtshalber trällerte sie noch *What a Wonderful World* vor sich hin, als sie die Küchentür aufmachte, um ihre vorgetäuschte gute Laune zu unterstreichen.

»Guten Morgen, Sonnenschein.« Annegret schenkte ihr Kaffee in die Lieblingstasse, als Thea sich an den Tisch setzte. »Hast du etwas Schönes geträumt?«

Thea nickte. Schließlich wollte sie ja die Heitere geben.

»Und hatte dein Traum vielleicht dunkle Haare, grüne Augen, einen großen Hund und sah ziemlich gut aus?«

Resigniert stöhnte Thea auf und trank einen großzügigen Schluck Kaffee.

»Habe ich etwas verpasst?«, wollte Jule wissen und musterte sie interessiert.

Thea spürte, wie sie errötete und schüttelte den Kopf. »Nein, hast du nicht.«

Sie freute sich über den liebevoll gedeckten Frühstückstisch, obwohl sie überhaupt keinen richtigen Hunger verspürte. Doch den beiden zuliebe schnappte sie sich ein Schokoladencroissant und biss hinein.

»Annegret hat mir von dem Café erzählt.« Jule warf ihr einen vielsagenden Blick zu. »Erinnerst du dich daran, wie wir früher mit meinem Puppengeschirr gespielt haben? In unserer Fantasie hatten wir unser eigenes Café und du hast Platten von Ella Fitzgerald und Co. aufgelegt. Meine Puppen, Mia und Susi, waren unsere Gäste.«

Diese Erinnerung zauberte Thea ein Lächeln auf die Lippen. »Ja, und bei dir gab es den besten Lati Cato auf der ganzen Welt und leckrigen Expresso. Damals warst du noch zu klein, um manche Wörter richtig auszusprechen. Das war eine schöne Zeit.«

Jule verdrehte die Augen. »Verstehst du denn nicht, worauf ich hinauswill? Als Studentin hast du doch immer von einem Café geträumt. Das hast du mir jedenfalls erzählt. Vielleicht hat dich der Wunsch niemals ganz losgelassen. In dir steckt so viel Potenzial, Mama. Warum versuchst du es nicht einfach?«

»Glaubt ihr wirklich, ich könnte das schaffen? Ein eigenes Café zu führen?«

Die beiden Frauen nickten eifrig.

»Du bist ja nicht allein. Wir können dir helfen«, meinte Annegret. »Und wie schon gesagt, finanziell kann ich dir unter die Arme greifen.«

Thea wirkte nicht überzeugt.

»Ach Mama, stell dich nicht so an. Nimm Annegrets Hilfe doch einfach an.«

»Genau, Thealein, zier dich nicht so.« Annegret legte einen gelben Notizzettel vor Thea auf den Tisch. »Das ist die Nummer von Benedikt Breuer. Du kannst ihn ja mal unverbindlich anrufen.«

»Vielleicht mache ich das wirklich.« Thea trank einen kräftigen Schluck von ihrem Milchkaffee und steckte den Zettel ein.

Unruhig rutschte Jule auf ihrem Stuhl hin und her und räusperte sich verlegen. »Papa hat übrigens angerufen. Ich soll dir ausrichten, dass du gegen fünf bei ihm vorbeischauen sollst. Er will etwas mit dir besprechen.«

»Und dafür ruft er so früh an? Gustav ist doch überhaupt kein Frühaufsteher.«

Ihre Tochter zuckte die Schultern. »Mehr weiß ich auch nicht. Anscheinend hat er es gestern mehrmals am Festnetz versucht. Dein Handy ist ja ständig aus. Aber es war ja der Kochabend und ich war mit einer Freundin unterwegs.«

»Schon gut. Nachmittags wollte ich sowieso bei Sofia vorbeischauen. Vielleicht kann sie mir einen Tipp geben, wegen des Cafés, meine ich.«

Annegret nickte zufrieden. »Das ist eine gute Idee.«

»Auf dem Heimweg kann ich dann Gustav einen kurzen Besuch abstatten.«

Annegrets Augenbrauen schossen skeptisch nach oben. »Hältst du das für eine gute Idee? Nach eurem letzten Zusammentreffen hast du nicht gerade einen glücklichen Eindruck auf uns gemacht.«

»Ich habe das schon im Griff.« Thea schnitt eine Grimasse. »Wir sind erwachsen. Außerdem ist Gustav der Vater meiner Tochter. Ich höre mir an, was er zu sagen hat und dann verschwinde ich wieder.«

»Soso. Und was ist mit Anton? Ich hatte den Eindruck, er würde dir gefallen?«, bohrte Annegret weiter nach.

»Wer ist denn dieser Anton?« Jule runzelte die Stirn und zwirbelte eine ihrer langen Haarsträhnen zwischen den Fingern.

»So heißt Annegrets Neffe«, erklärte Thea. »Ich finde, er sieht gut aus, in Ordnung? Mehr ist da nicht. Im Moment habe ich wirklich andere Dinge im Kopf.«

»Tsss. Wer's glaubt!«, amüsierte sich Annegret und auch Jule bemühte sich erst gar nicht, ein Kichern zu unterdrücken.

♫ ♫ ♫

Thea war dankbar, dass sie Jules und Annegrets Fragen in Bezug auf ihr Liebesleben endlich entkommen war. Sie fröstelte und zog den Kragen ihres Mantels ein Stück höher. Die Luft draußen war kühl und sorgte hoffentlich für einen klaren Kopf.

Kurzentschlossen entschied sie sich für einen Umweg und schlenderte ein wenig an der Donau entlang. Für einen Moment setzte sie sich auf eine Bank und schloss die Augen. Ihre Brust hob sich zu einem tiefen Atemzug. Lächelnd schüttelte sie den Kopf.

Bis auf die Trennung von Gustav, die sie anfangs ganz schön aus der Bahn geworfen hatte, hatte sie ihr Leben bisher eher als eintönig und langweilig empfunden. Nun überschlugen sich die Ereignisse. Jetzt, nachdem sie ihren Job verloren hatte, ergaben sich völlig neue Möglichkeiten.

Immer noch war Thea unsicher, ob sie den Mut und die Kraft für ein eigenes Café aufbringen konnte. Außerdem war da noch ihr Ex, mit dem sie grandiosen Sex gehabt hatte, und Anton, in dessen Gegenwart sie sich wie ein verliebter Teenager fühlte. Nein, über Langweile konnte sie sich im Augenblick wirklich nicht beschweren.

Ein Blick auf ihre Armbanduhr verriet Thea, dass es bereits später Nachmittag war. Wenn sie sich beeilte, konnte sie Sofia und ihre Großmutter noch erwischen, bevor die beiden zu sehr mit den Vorbereitungen für das Abendgeschäft im Restaurant beschäftigt waren.

Zum Glück hatte sie sich zuvor für flache Schuhe entschieden. So kam sie deutlich schneller voran. Ein wenig spürte sie ihren schmerzenden Knöchel immer noch. Doch die Schwellung war abgeklungen und auch die Wunde am Knie verheilte gut.

Vor dem Schaufenster des *Biasinis* blieb sie stehen und spähte durch die Scheibe. Thea beobachtete Sofia dabei, wie sie zwischen den Tischen hin und her flitzte und Blumen und Kerzen auf den rotweiß karierten Tischdecken verteilte.

Energisch klopfte sie ans Fenster. Erschrocken zuckte Sofia zusammen. Doch sie öffnete sofort die Tür, als sie erkannte, dass Thea dort draußen stand.

»Ciao, Thea! Schön, dich zu sehen. Was machst du denn hier?«

Thea umarmte ihre Freundin. »Hast du vielleicht Zeit für einen Kaffee? Ich brauche dringend deinen Rat.«

Sofia wischte sich mit dem Ärmel den Schweiß von der Stirn. Das Haar hatte sie wie so oft zu einem nachlässigen Knoten zusammengebunden. Ihr Blick wanderte zu der überdimensionalen Uhr, die neben der Theke hing.

»Für einen schnellen Kaffee habe ich Zeit. Ich habe noch einiges zu tun. Marcello und Mama können erst später helfen und Nonna ist heute nicht da. Sie hat ein Date.« Vielsagend hob sie ihre Augenbrauen.

»Nonna hat ein Date? Wer ist denn der Glückliche?«

»Luisa und Jonas haben sie mit einem Italiener aus München verkuppelt. Er führt dort ebenfalls ein Restaurant. Die beiden sind vielleicht ein Paar, sag ich dir. Ständig mäkeln sie aneinander herum und im nächsten Moment, wenn sie glauben, dass niemand sie beobachtet, knutschen sie ungeniert.«

Thea lachte und konnte Nonna samt ihrem Liebhaber deutlich vor sich sehen. »Weißt du was? Ich gehe dir ein wenig zur Hand und dabei quatschen wir ein wenig. Was meinst du?«

Zufrieden nickte Sofia. »Das ist eine gute Idee. Du bist ein Schatz. Wenn du magst, könntest du mit mir die Weingläser polieren und die Tische eindecken.«

Thea schnappte sich ein Tuch und ging ihrer Freundin zur Hand. »Sag mal, wie schaffst du das eigentlich alles? Ein Restaurant zu führen, dich um deinen kleinen Sohn zu kümmern und daheim den Haushalt zu schmeißen?«

Prüfend hielt Sofia eines der Gläser gegen das Licht, nickte zufrieden und stellte es zur Seite. »Ganz ehrlich? Das frage ich mich selbst auch des Öfteren. Aber ich bekomme auch ganz viel Hilfe. Nach Sebastianos Geburt hat Nonna hier im Restaurant das Kommando übernommen. Darüber bin ich ganz froh, auch wenn das nicht immer leicht ist.«

»Das kann ich mir vorstellen.« Thea kicherte.

»Ich liebe meine Großmutter. Das tue ich wirklich. Aber manchmal treibt sie mich zur Weißglut. Und zum Glück kümmert sich Nik viel um den Kleinen. Am liebsten hätte er noch ein Geschwisterchen für Sebastiano. Doch das hat noch Zeit. Seit Kurzem haben wir auch eine Putzfrau, die sich um den Haushalt kümmert. Das ist eine große Erleichterung für uns alle.«

Während Thea mit einem Weinglas beschäftigt war, kümmerte sich Sofia um einen Milchkaffee für sie beide.

»Du hast Glück, dass Nonna nicht da ist. Sie würde dir eine ausführliche Gardinenpredigt über deine Vorliebe für Milchkaffee halten. Für sie sind Espresso und Cappuccino das einzig Wahre.«

»Das bin ich ja von ihr gewohnt.« Thea nahm einen Schluck von ihrem Lieblingsgetränk und stöhnte genussvoll auf. Sofia machte einfach hervorragenden Kaffee. »Hattest du nie Angst vor dem finanziellen Risiko?«

Ihre italienische Freundin schüttelte den Kopf. »Nein. Darüber habe ich mir vermutlich viel zu wenig Gedanken gemacht, was Nik oft in den Wahnsinn getrieben hat. Warum willst du das alles wissen?«

Thea zuckte mit den Schultern. Eine sehr berechtigte Frage. Sie umklammerte mit ihren Fingern die Kaffeetasse und bemühte sich um eine konzentrierte Miene. »Du kennst doch

das Café in der Nähe von *Connys Bücherecke*? Es steht seit
längerer Zeit leer.«

»Meinst du das von Benedikt Breuer? Ja, das kenne ich.
Nonna hat mir erzählt, dass er es wieder vermieten möchte.«
Ein Lächeln huschte über Theas Gesicht. »Ich bin daran
interessiert.« Ein vorfreudiges Kribbeln überkam Thea, als ihre
bewusst wurde, was sie soeben gesagt hatte.

»Mensch, Thea!« Sofia drückte ihre Freundin fest an sich.
»Das ist ja der Wahnsinn!«

Thea spürte, wie ihr Herz schneller klopfte. »Aber es ist
noch alles in der Schwebe. Ich dachte, dass du mir vielleicht
ein paar Tipps geben könntest. Immerhin gehört dir das
Biasinis.«

Sofia nickte entschlossen. »Du brauchst auf jeden Fall ein
Konzept. Außerdem solltest du schnellstmöglich dort anrufen
und fragen, ob die Räume überhaupt noch frei sind.
Ansonsten wäre es gut, wenn du mal mit Nik redest. Er kennt
sich mit Buchhaltung und dem ganzen Kram viel besser aus als
ich. Bei Conny und Luisa in der Buchhandlung könntest du
auch vorbeischauen. Bestimmt haben sie dort interessante
Ratgeber für Existenzgründer und vielleicht haben sie auch
den ein oder anderen Tipp für dich auf Lager.«

»Das ist eine gute Idee. Das mache ich auf jeden Fall.
Wenn ich ehrlich bin, kann ich an nichts anderes mehr denken.
Ich träume heimlich von einem Jazzcafé. Guter Kaffee, gute

Musik … Eine kleine, aber feine Karte …« Thea geriet ins Schwärmen und zuckte kurz zusammen.

Ob sie Sofia von Gustav und Anton erzählen sollte?

In diesem Moment vibrierte ihr Handy in der Handtasche. Es dauerte einen Augenblick, bis sie es zwischen diversen Lippenstiften, Cremedosen und Packungen mit Papiertaschentüchern hervorgekramt hatte. Sie musste hier drinnen dringend mal Ordnung schaffen.

Das Display zeigte einen verpassten Anruf von Gustav, und Thea verdrehte die Augen, als sie die Mailbox abhörte: »Hallo, Thea. Hat Jule dir ausgerichtet, dass du vorbeikommen sollst? Ich warte bei mir zu Hause auf dich.«

»Alles in Ordnung?« Sofia musterte sie mit besorgtem Blick.

»Alles bestens.« Thea gab sich gar nicht erst die Mühe, den Sarkasmus in ihrer Stimme zu verbergen. »Ich muss los. Die Geschichte dazu erzähl ich dir ein anderes Mal.«

»Männerprobleme? Damit kenne ich mich aus. Wenn du Redebedarf hast, dann weißt du ja, wo du mich findest. Einen Ramazotti habe ich auch immer für dich kaltgestellt.« Sie zwinkerte Thea verschwörerisch zu.

♫ He´s A Tramp ♫

Peggy Lee

Thea machte einen riesigen Ausfallschritt, um nicht in die überdimensionale Pfütze zu treten, die dem Kopfsteinpflaster trotzte. Mit gerunzelter Stirn blieb sie vor Gustavs Haus stehen. Ihr Blick huschte Richtung Balkon, von dem sie erst wenige Tage zuvor eine actionfilmreife Flucht hingelegt hatte. Naja, Actionkomödie träfe es vermutlich eher.

Erinnerungen an den besagten Abend flackerten auf. Thea konnte bildlich vor sich sehen, wie Gustav sie an sich zog und küsste. Danach hatte sie sich auf ihn gestürzt wie eine halbverhungerte Löwin. Und wie sehr sie das genossen hatte!

Hitze stieg in ihre Wangen und ihre Miene wurde skeptisch. Die Sache mit dem Balkon wird sie ihm auf ewig übelnehmen. Andererseits … Möglicherweise wäre sie dann Anton nie begegnet. Doch war das wichtig? Spielte Anton eine entscheidende Rolle in ihrem Leben? Ihr Verstand ließ sie bei dem Gedanken den Kopf schütteln. Doch ihr Herz machte einen verräterischen Hüpfer.

Thea biss sich auf die Unterlippe und fühlte sich wie vom Blitz getroffen. Was hatte sie hier überhaupt verloren? Gustav wollte etwas und Thea sprang. Wie Früher.

Thea verdrehte die Augen. In ihr tobten zu viele unterschiedliche Gedanken und Gefühle, um sie wirklich greifen zu können. Ihre Schläfen pulsierten und langsam tat ihr von dem vielen Grübeln der Kopf weh. Nun war es endlich an der Zeit, zu handeln und ihr Leben wieder selbst in die Hand zu nehmen. Genau! Sie würde mit Gustav Klartext reden, ihn in seine Schranken verweisen.

Außerdem stellte sie sich vor, wie sie ihren Traum vom Jazzcafé verwirklichte und ihr Ex dumm aus der Wäsche schaute. Möglicherweise würde sie sogar einen ernsten Flirtversuch mit Anton starten. Oder hatte sie das längst getan?

Schon während ihr all diese Dinge durch den Kopf gingen, wusste sie, dass es verrückt war. Ein Lächeln huschte über ihr Gesicht und das fühlte sich phantastisch an. Thea bemerkte, dass sie sich zum ersten Mal seit langer Zeit wieder so richtig lebendig fühlte.

Im Nachbarsgarten spielten ein paar Jungs Fußball und Thea spürte, wie deren Mutter sie misstrauisch beobachtete. Vielleicht war sie mit Natascha befreundet und fragte sich, was Thea von Gustav wollte. Bevor sie auch nur ein weiteres Mal blinzeln konnte, drückte ihr Zeigefinger entschlossen auf die Klingel. Es dauerte keine Minute und ihr Ex-Mann riss die Tür vor ihr auf.

»Da bist du ja!« Gustav strahlte sie an und bat sie hinein ins Haus. »Ich dachte schon, Jule hätte vergessen, dir auszurichten, dass ich angerufen habe.«

»Hallo, Gustav.«

Er umarmte sie ganz kurz und trat dann zurück. Die Stimmung zwischen ihnen war irgendwie merkwürdig. Thea räusperte sich verlegen. »Du weißt doch, wie zuverlässig Jule ist.«

»Stimmt.« Gustav rieb sich über seinen Dreitagebart und wirkte, als wüsste er nicht so recht, wie er das Gespräch in die richtige Richtung lenken könnte.

»Was willst du, Gustav?« Theas Stimme klang eher genervt als verärgert. Misstrauisch legte sie den Kopf schief.

»Mit dir reden.«

Er nahm ihr den Mantel ab und hängte ihn neben seine Jacke an der Garderobe. Sein Blick wanderte zu ihren Augen, dann tiefer. Er grinste ungeniert und starrte in ihren Ausschnitt, der für ihre Verhältnisse heute sehr freizügig ausfiel.

Sie verfluchte sich dafür, dass sie sich über ihre Kleiderwahl keine Gedanken gemacht hatte. Jetzt dachte ihr Ex mit Sicherheit, sie hätte sich für ihn so aufgebrezelt.

Gustav fasste sie an der Hand und zog sie hinter sich her in das geräumige Wohnzimmer. Die Rollos waren zugezogen und überall brannten unzählige Teelichter in den Regalen. Im Hintergrund spielte leise Musik von Tony Benett.

Wütend wirbelte sie zu ihm herum. »Was zum Teufel soll das werden?«

Er hauchte ihr einen sanften Kuss auf die Stirn, eine so zärtliche Geste, die Thea ihren Ärger vollkommen vergessen ließ. Er umfasste ihr Kinn und hob es an, sodass sie ihm direkt in die Augen blicken musste.

»Ich kann einfach nicht vergessen, was zwischen uns passiert ist. Es war so unbeschreiblich schön und ich kann an nichts anderes mehr denken.«

Das aufrichtige Lächeln in seinem Gesicht rührte sie. Mit einer abrupten Bewegung beugte er sich vor und küsste sie.

Thea spürte die Wand in ihrem Rücken. Mit geschickten Fingern strich Gustav sanft über ihren Nacken. Ihr Pullover war ein Stück nach oben gerutscht und sie spürte seine Hände zärtlich auf der nackten Haut an dieser Stelle. Thea entfuhr ein wohliger Seufzer. Ihr Puls raste und sie fühlte die Hitze zwischen den Beinen.

Sein Daumen malte verführerische kleine Kreise neben ihren Bauchnabel und Thea sog scharf die Luft ein. Gustav umarmte sie fester. Sie öffnete ihre Augen und ihr Blick blieb auf dem Bild neben dem Kamin hängen. Es zeigte ihn und Natascha am Strand. Beide schauten sich verliebt an und wirkten mehr als glücklich miteinander.

Zur Hölle, nein! Was tat sie da überhaupt?

Thea stieß sich an der Wand ab und drängte sich an ihm vorbei.

»Wo ist eigentlich Natascha?«

Sein Lächeln verrutschte. »Unterwegs.« Mehr sagte er nicht.

Theas Magen verkrampfte sich. Sie hatte sich bereits ein paar Schritte von ihm entfernt, als es ihr endlich gelang, ihre Gedanken zu ordnen und sie in Worte zu fassen.

»Ich weiß nicht, wie du dir das vorstellst, Gustav. Denkst du allen Ernstes, ich will eine Affäre mit dir?«

Die unterschiedlichsten Gefühle spiegelten sich in seinen Augen wider. »Es könnte doch mehr daraus werden. Dir hat es doch auch gefallen. Leugnen ist zwecklos, ich habe es deutlich gespürt. Natascha und ich werden uns vermutlich trennen. Es läuft nicht so gut zwischen uns.«

»Ich hätte gar nicht erst herkommen sollen.«

Eine gefühlte Ewigkeit starrte er sie an, dann umfasste er ihre Wange. »Du liebst mich noch, oder?«

Thea schlug seine Hand weg. Ihr Atem stockte und ihr Blick verschwamm unter all den lächerlichen Tränen, die ihr über die Wangen liefen.

»Thea, bitte! Es tut mir so leid. Alles. Ich wollte dich das letzte Mal nicht so behandeln. Das mit dem Balkon … Es tut mir leid. Sagte ich schon, dass ich ein Idiot bin?« Gustav griff nach ihrer Hand, doch Thea riss sich von ihm los.

»Ich verschwinde besser.« Hektisch stopfte sie ihr Oberteil zurück in den Hosenbund und zerrte den Mantel von der Garderobe.

»Thea, ich liebe dich!« Zerknirscht stand Gustav im Türrahmen.

Thea konnte den flehenden Klang in seiner Stimme nicht ertragen und schüttelte nur den Kopf. Energisch schlug sie die Haustür hinter sich zu und lief schnell ein paar Schritte weiter. Auf neugierige Blicke der Nachbarn konnte sie gut und gerne verzichten.

In einer ruhigen Ecke, ein paar Straßen weiter, blieb sie für einen Moment stehen und ließ den Kopf in den Nacken sinken. Ein Zittern lief über ihren ganzen Körper und ihre Schläfen pulsierten vor Wut. Wie konnte sie nur so dumm sein? Warum war sie nicht standhaft geblieben?

Thea blickte Richtung Himmel. Das Blau von vor wenigen Stunden war dunklen, schwarzen Wolken gewichen. Sogar das Wetter schien sich ihrer finsteren Stimmung anzupassen. Sie steckte ihre kalten Finger in die Hosentasche und spürte den Zettel, den ihr Annegret heute Morgen zugesteckt hatte.

»Jetzt ist aber endlich Schluss mit diesem verdammten Selbstmitleid, Thea Baumann«, ermahnte sie sich selbst.

Ihr eigener scharfer Tonfall half ihr dabei, sich wieder auf den gegenwärtigen Moment zu konzentrieren.

»Also schön, ich habe einen Fehler gemacht. Vermutlich mehrere. Aber jetzt schau ich endlich nach vorn.«

Mit zittrigen Händen griff sie nach ihrem Mobiltelefon und wählte die Nummer, die auf dem Post-it stand.

»Herr Breuer? Guten Tag, hier spricht Thea Baumann. Ich wollte fragen, ob das Café noch frei ist.«

♫ Baby (You've Got What It Takes) ♫

Dinah Washington & Brook Benton

Eine Woche später ...

Anton blinzelte und atmete tief durch. So viel Sonne war er nach den letzten Tagen, die ziemlich trüb und regnerisch gewesen waren, gar nicht mehr gewohnt. Als er vorhin mit Kurt eine Runde spazieren gegangen war, waren die dunklen Wolken noch in der Überzahl gewesen.

Nun döste sein Hund zu Hause gemütlich vor sich hin und hatte fast das ganze Sofa in Beschlag genommen. Aber das hatte Anton sich selbst zuzuschreiben. Als Welpe hatte er das seinem Hund immer erlaubt und jetzt konnte er es Kurt nicht mehr abgewöhnen. Und natürlich bevorzugte er das Sofa seines Herrchens und würdigte das teure Hundekörbchen, das Doris im besorgt hatte, keines Blickes.

Im gemütlichen Tempo schlenderte Anton weiter in Richtung Regensburger Innenstadt. Er hatte Benedikt versprochen, ihn in Sachen Café zu beraten. Anscheinend hatte er mehr Bewerbungen bekommen als gedacht und nun konnte er sich nicht entscheiden.

Ob es Thea mit ihrer Idee ernst gewesen war und sie sich ebenfalls bei seinem Freund gemeldet hatte? Bei dem Gedanken an sie machte sein Herz einen Hüpfer und er spürte wieder dieses leise Kribbeln in der Bauchgegend. Sie war ihm eine Antwort schuldig geblieben, als er sich gefragt hatte, ob sie nicht einen Kaffee mit ihm trinken wolle. »Ich habe ja noch dein Jackett.« Mehr hatte sie nicht gesagt. Bisher war sie nicht bei ihm aufgetaucht, um es ihm zurückzubringen.

Anton hatte also keinen Schimmer, wie er diesen Satz deuten sollte. Er war eindeutig aus der Übung, was das Flirten anging. Da halfen auch die gutgemeinten Tipps seiner Schwester nicht viel. Im Gegenteil. Jedes Mal, wenn sie damit ankam, fühlte er sich im Anschluss noch verunsicherter. Auch Benedikt war ihm keine große Hilfe. Der nutzte jede Gelegenheit, um seinen Freund deshalb aufzuziehen.

Für einen kurzen Augenblick blieb Anton stehen, legte den Kopf in den Nacken und schaute in den Himmel hinauf. Er wollte Thea wiedersehen. Das war ihm bewusst.

»Grüß dich Anton! Das ist ja eine Überraschung!«

»Grundgütiger!« Er zuckte zusammen, als er einen Arm auf seiner Schulter spürte. »Tante Annegret, hast du mich erschreckt!«

Die ältere Dame kicherte ungeniert. »Du warst ganz in Gedanken versunken. Wo hast du denn Kurt gelassen?«

»Der schlummert zu Hause friedlich auf meinem Sofa. Und, was treibst du so?« Mit dem Finger deutete er auf das Paket, dass sie sich unter den Arm geklemmt hatte.

»Ich muss das hier kurz zur Post bringen und dann werde ich mir in der Stadt noch eine Tasse Kaffee gönnen. Hast du nicht Lust, mir ein wenig Gesellschaft zu leisten?«

Anton warf einen Blick auf seine Uhr. »Das würde ich gerne. Aber ich bin gleich mit Benedikt verabredet.«

Tante Annegret musterte ihn interessiert. »Geht es um das Café?«

Er nickte. »Ja, anscheinend gibt es mehrere Leute, die sich dafür interessieren und jetzt kann er sich nicht entscheiden, an wen er das Café vermieten soll.«

»Ich sage es zwar nur ungern, aber es wundert mich nicht im Geringsten. Er mag ein guter Freund sein, doch was seine Geschäfte betrifft, ist er ein kleiner Chaot. Natürlich muss das nicht unbedingt ein Nachteil für uns sein.«

»Wen meinst du mit uns?«

Lässig zuckte Annegret mit den Schultern. »Na, Thea und mich natürlich. Thea interessiert sich für das Café und ich habe versprochen, ihr ein wenig unter die Arme zu greifen.«

»Dann hat sie sich bei Benedikt gemeldet?«

Tante Annegret nickte zufrieden. »Genau. Jetzt warten wir alle gespannt auf eine Antwort. Aber das kann ja dauern, wie es scheint. Kannst du nicht ein gutes Wort für sie einlegen?«

Anton musste die ganze Zeit die eigentliche Frage zurückdrängen, die in ihm brodelte. Am liebsten wollte er von

Annegret wissen, ob er sich Chancen bei Thea ausrechnen konnte.

Seine Tante warf ihm einen vielsagenden Blick zu. »Nun komm schon Anton. Du kannst ruhig zugeben, dass du sie magst.«

Ein verräterisches Lächeln huschte ihm über das Gesicht und seine Wangen fingen an zu glühen.

»Ha, wusste ich es doch. Es ist nicht zu übersehen.« Freudig klatschte sie in die Hände und grinste.

Anton räusperte sich verlegen. »Hat sie denn überhaupt eine Ahnung davon, wie man ein Café führt?«

»Sie hat im letzten Jahr mal einen Baristakurs besucht und kocht meiner Meinung nach den besten Milchkaffee der Stadt. Du solltest sie bei Gelegenheit mal um eine Kostprobe bitten. Und alles andere wird sie schon lernen. Thea hat wirklich tolle Ideen.«

Allein bei dem Gedanken, dass er Thea bald schon wieder begegnen könnte, flatterte eine ganze Horde Schmetterlinge durch seinen Bauch. Vorsichtig nickte er. »Ich schau mal, was ich für euch tun kann. Aber versprechen kann ich dir nichts. Letztendlich ist es Benedikts Entscheidung.«

Tante Annegrets Grinsen wurde breiter. »Das reicht mir vollkommen, mein Lieber. Vielleicht magst du mich demnächst mal besuchen kommen? Thea ist im Moment häufig zu Hause.«

Ihr Lachen war trocken und Anton schüttelte den Kopf. Das war mal wieder typisch.

»Ich muss jetzt los. Nun bin ich wirklich spät dran.« Anton seufzte.

Sie drückte ihm einen feuchten Schmatz auf die Wange. »Tut mir leid, dass ich dich aufgehalten habe.«

Anton wusste, dass sie das ganz und gar nicht ernst meinte und grinste nun ebenfalls.

»Grüß den Benedikt von mir!« rief sie noch und war schon um die Ecke verschwunden.

Geistesabwesend setzte er einen Fuß vor den anderen. Jetzt konnte er erst recht an nichts anderes mehr denken. Thea hatte ihm ganz schön den Kopf verdreht!

Die Tür zum Café konnte er problemlos aufdrücken. Benedikt hatte sich gar nicht erst die Mühe gemacht, abzuschließen. Stattdessen saß er mit einer Tasse Kaffee am Tresen und hatte einen Stapel Bewerbungsunterlagen vor sich ausgebreitet. Er sah erst auf, als Anton direkt vor ihm stand.

»Da bist du ja endlich! Mir raucht schon der Kopf.«

»Auch hallo und gern geschehen, dass ich dir an meinem freien Tag beratungstechnisch zur Seite stehe, obwohl ich es mir auch zu Hause gemütlich machen könnte.«

Sein Freund schmunzelte über die Bemerkung. »Sorry, kennst mich doch. Ich fühl mich gerade einfach überfordert.«

Benedikt kratzte sich am Hinterkopf und ordnete die Unterlagen. »Milchkaffee?«

Anton nickte und ließ sich auf einem der Stühle nieder.

»Es sind mehr Bewerber, als ich gedacht habe. Deshalb habe ich alle gebeten, mir ein Konzept zu schicken und einen Plan, was sie aus dem Café machen wollen. Derjenige, dessen Idee mir am besten gefällt, bekommt die Räumlichkeiten.«

»Das klingt nach einem guten Plan.«

Anton legte den Kopf schief und blätterte durch die Unterlagen. Sein Herz machte einen Satz, als er Theas Namen auf einem der Blätter entdeckte. Sie hatte Benedikt ein Konzept für ein Jazzcafé geschickt und Anton musste zugeben, dass er von dieser Idee sehr angetan war. Ob er seinem Freund verraten sollte, dass es sich dabei um die besagte Thea handelte? Spontan entschied er sich dagegen.

Benedikt stellte den Kaffee vor Anton auf den Tisch.

»Danke. Den kann ich gut gebrauchen.« Er trank einen gierigen Schluck und verbrannte sich dabei beinahe die Zunge. »Ist der heiß!«

Sein Freund sah ihn fragend an. »Hast du schon alle durchgesehen?«

»Wie denn? Dafür war die Zeit eben zu kurz. Bisher habe ich sie nur grob überflogen.« Nur Theas Bewerbung hatte er gründlich studiert. Doch das behielt er lieber für sich. »Hast du denn schon einen Favoriten?«

Benedikt neigte den Kopf zur Seite und dachte gründlich über eine Antwort nach. »Die Idee mit den Workshops für Hobbykünstler finde ich klasse. Allerdings machen die Leute keinen zuverlässigen Eindruck auf mich. Das vegane Frühstückscafé gefällt mir auch.« Er ließ sich einen Moment Zeit und nahm Anton die Bewerbungen aus der Hand. Nach einigem hin und her blättern hatte er gefunden, wonach er suchte und reichte Anton ein Blatt Papier. »Hier. Das gefällt mir eigentlich am besten von allen.«

Anton musste sich zusammenreißen, um nicht loszulachen. Benedikt hatte sich tatsächlich Theas Jazzcafé ausgesucht. Da hatte Anton sich nicht einmal anstrengen müssen, um seiner Tante einen Gefallen zu tun. »Das klingt spannend«, stimmte er zu.

»Auf jeden Fall. Und in einem Jazzcafé könnte vielleicht auch unsere Band weiterproben oder sogar regelmäßig auftreten.«

»Das wäre genial!«

Benedikt studierte auch noch einmal die anderen Bewerbungen, die er in der engeren Auswahl hatte. »Ich denke, ich lade die drei Favoriten zu einem persönlichen Gespräch ein. Dann kann ich mir ein besseres Bild von den Leuten machen.«

Anton nickte. »Das klingt vernünftig.«

»Du bist doch dabei, oder? Also bei den Bewerbungsgesprächen?«

Er verschluckte sich an seinem Kaffee.

»Bitte. Du wärst mir eine große Hilfe.«

Er würde Thea wiedersehen. Endlich. Und dafür musste er sich nicht einmal einen Grund ausdenken. »Natürlich. Sag mir einfach, wann und wo, und ich bin da.«

♫ It's a Lovely Day Today ♫

Ella Fitzgerald

»Das hier sind zwei Bücher, die für dich in Frage kommen könnten.« Conny platzierte sie neben dem kleinen Stapel mit den Krimis, die Thea sich bereits ausgesucht hatte. »Ansonsten ist es bestimmt besser, wenn du dir bei Leuten Rat holst, die selbst Erfahrung in solchen Dingen haben. Oder du lernst einfach mit der Zeit. Du weißt ja, dass ich kein großer Fan von Ratgebern bin. Aber das darf ich als Buchhändlerin natürlich nicht laut sagen.«

»Ich danke dir. Die beiden nehme ich mal mit und die drei Krimis auch.«

Thea ließ ihren Blick durch die Buchhandlung schweifen. Hier hatte sie schon so viele gute Bücher gekauft und sie kam immer wieder gerne her. Der Laden mit den vielen hölzernen Regalen wirkte heimelig und Conny war Buchhändlerin mit Leib und Seele, das merkte man ihr auch an.

»Magst du noch einen Cappuccino mit mir trinken?« Conny pustete sich eine hartnäckige Strähne aus dem Gesicht.

»Ein anderes Mal gerne, danke. Aber ich bin gleich noch mit meiner Tochter und Annegret im *Biasinis* verabredet. Wo ist eigentlich Luisa? Ist sie immer noch mit Jonas in den Staaten unterwegs?«

»Ja. Gestern haben wir erst telefoniert. Luisa hat mich gefragt, ob sie ihre Auszeit im Laden noch einmal verlängern kann. Die beiden genießen ihr Liebesglück. Das Interesse der Medien hat nach Jonas Rücktritt aus dem Musikbusiness erstaunlich schnell nachgelassen. Allerdings kann ich den Laden auf Dauer nicht allein schmeißen. Betty kann nur ab und an helfen, da sie ja selbst Vollzeit arbeitet. Außerdem ist sie im Moment völlig aus dem Häuschen, weil ihr Bruder bald aus Amerika zurückkommt. Du kennst nicht zufällig jemanden, der sich gut mit Büchern auskennt und mit Menschen umgehen kann?«

Thea tippte sich mit dem Zeigefinger gegen die Stirn, ganz so, als müsse sie angestrengt darüber nachdenken. Dann lächelte sie. »Ich wüsste da tatsächlich jemanden. Jule ist aus Hamburg zurückgekommen und wird vorerst hier in Regensburg bleiben. Sie wäre bestimmt die Richtige für den Job.«

»Ja, das kann ich mir gut vorstellen. Du kannst sie gerne fragen und bei Gelegenheit zu einem Gespräch vorbeischicken.«

Thea packte ihre Bücher in die bunte Stofftasche, die ihr Jule im letzten Jahr zu Weihnachten genäht hatte. »Das mache ich. Bestell Betty schöne Grüße von mir. Wir sehen uns bestimmt bald.«

Conny verabschiedete sich von Thea, bevor sie der nächsten Kundin die Abteilung für Kochbücher zeigte.

♫ ♫ ♫

Jule studierte bereits die Speisekarte, als Thea sich zu ihr und Annegret an den Tisch setzte.

»Hallo ihr beiden. Entschuldigt die kleine Verspätung. Ich habe noch kurz mit Conny geplaudert.«

»Damit haben wir schon gerechnet. Mit der Bestellung haben wir auf dich gewartet. Nur den Wein haben wir schon geordert.« Annegret zeigte auf die vollen Gläser und klang fröhlich wie immer.

»Hallo, Mama.« Jule küsste Thea auf die Wange und warf einen Blick in ihre Tasche. »Du bist also fündig geworden.«

Thea nickte zufrieden. »Das kann man so sagen. Allerdings sind doch mehr Krimis als Bücher zur Unternehmensgründung in meiner Tasche gelandet.«

Inzwischen hatte es sich bei den drei Frauen eingebürgert, dass sie sich einmal pro Woche den Luxus gönnten, um sich von Nonna und Sofia im *Biasinis* mit ihren Lieblingsgerichten verwöhnen zu lassen. Meistens beglich Annegret die Rechnung und ignorierte Theas Protest, dass sie auch bezahlen könne. »Lass gut sein, Thealein. Nonna macht mir doch sowieso immer einen Freundschaftspreis«, pflegte sie dann zu sagen.

Lautes Gelächter und einige Wortfetzen von den anderen Tischen drangen zu ihnen herüber. Wie immer war das Restaurant auch heute brechend voll.

Da kam Annegrets Freundin auch schon zu ihnen an den Tisch gerauscht.

»Ciao, Thea! Sofia ist in der Küche beschäftigt. Leider kann sie gerade nicht weg. Aber ich soll dich von ihr grüßen und euch das hier bringen.« Nonna platzierte ein kleines Tablett mit vier Ramazotti vor ihnen auf dem Tisch und grinste die drei erwartungsvoll an. »Der Vierte ist natürlich für mich«, erklärte sie lachend.

Sie prosteten einander zu, leerten den Schnaps in einem Zug und Nonna sammelte die Gläser gleich wieder ein.

»Scusi. Ich habe nicht viel Zeit. Ihr seht ja, was heute hier los ist. Habt ihr euch schon entschieden? Vielleicht wollt ihr heute ausnahmsweise unser Gericht des Tages probieren? *Pasta e fagioli.* Ein sehr einfaches Nudelgericht mit Bohnen, aber die Pasta ist selbstgemacht wie immer und ich bin mir sicher, dass ich euch damit begeistern kann.« Nonna steckte eine ihrer Haarnadeln zurück in den Dutt.

»Sehr gerne«, meinte Thea. »Was ist mit euch, Mädels?«

Jule und Annegret nickten und da war Nonna auch schon wieder Richtung Küche verschwunden.

Der Ramazotti brannte ein wenig in Theas leerem Magen. Sie ließ ihren Blick durch das volle Restaurant schweifen. Ob ihr das auch eines Tages gelingen würde?

Für einen kurzen Augenblick träumte sie heimlich davon, wie sie ihren Gästen den besten Milchkaffee der Stadt servierte und im Hintergrund Jazzmusik spielte. In ihrem Wunschcafé standen bequeme, schmiedeeiserne Sessel mit creme-weiß gestreiften Kissen, an den Wänden hingen Schwarzweißfotografien von Jazzlegenden, große Pflanzen zierten die Ecken und es gab eine Möglichkeit, zu tanzen. Vielleicht konnte sogar eine Band auftreten.

Thea schüttele den Kopf. Für solche Gedanken war es noch viel zu früh. Sie wusste ja nicht einmal, ob sie die Räumlichkeiten überhaupt bekommen würde.

Sie spürte Annegrets Blick auf sich ruhen. »Woran denkst du, Thealein?«

»Nur an ein paar Dinge, die ich noch erledigen muss«, flunkerte sie und trank einen großzügigen Schluck Wein.

»Wie war eigentlich dein Treffen mit Papa?«, hakte Jule vorsichtig nach.

Beinahe hätte Thea sich an ihrem Wein verschluckt. Umständlich kramte sie in ihrer Handtasche nach einem Haargummi, um keiner der beiden Frauen in die Augen schauen zu müssen.

»Ganz okay«, sagte sie leise und band sich ihren dichten Lockenschopf zu einem nachlässigen Minipferdeschwanz im Nacken zusammen.

Ein besorgter Ausdruck malte sich auf Annegrets Gesicht. »Du hast doch nicht wieder was mit Gustav angefangen, oder?«

Thea spürte, wie sie errötete und schüttelte energisch den Kopf. »Natürlich nicht. Was denkst du denn von mir?«

Grinsend zuckte Annegret die Schultern. »Warum flirtest du nicht ein bisschen mit Anton? Ein Mann wie er würde dir mit Sicherheit guttun. Außerdem glaube ich, dass er ein Auge auf dich geworfen hat.«

In gespielter Verachtung verdrehte Thea die Augen. Aber insgeheim musste sie zugeben, dass ihr das gefiel, und am liebsten hätte sie Annegret gefragt, ob Anton über sie gesprochen hatte. Bei dem Gedanken wummerte ihr Herz wie verrückt.

»Diesen Anton würde ich zu gerne kennenlernen. Immer wenn du ihn erwähnst, kriegt Mama feuerrote Wangen.« Jule kicherte.

In diesem Moment vibrierte Theas Handy in der Tasche, sie fischte es heraus, suchte sich eine ruhige Ecke und nahm das Gespräch an.

Ihre Augen weiteten sich vor Überraschung und ein breites Lächeln huschte über ihr Gesicht. Jule und Annegret musterten sie interessiert, das konnte Thea trotz der Entfernung genau erkennen. Sie winkte den beiden fröhlich zu und telefonierte in aller Ruhe weiter.

Als sie das Telefonat beendet hatte, kehrte sie zurück an den Tisch, strahlte sie beide an und genoss es, die zwei Frauen noch ein wenig hinzuhalten.

»Du grinst ja wie ein Honigkuchenpferd. Nun spuck´s schon endlich aus. Mit wem hast du telefoniert?«

Thea ließ sich auf ihren Stuhl plumpsen und machte eine bedeutungsschwangere Pause, bevor sie mit der Neuigkeit herausplatzte. »Das eben war Herr Breuer. Das Café ist noch frei.«

Begeistert klatschte Jule in die Hände. »Das ist ja großartig!«

Annegret prostete ihr feierlich zu. »Na, wer sagts denn? Ich habe es doch gleich gewusst.«

Thea legte den Kopf schräg. »Ganz so einfach ist das nicht. Meine Idee vom Jazzcafé gefällt ihm sehr. Allerdings gibt es mehr Bewerber, deren Konzepte ihm gefallen. In den nächsten Tagen soll ich persönlich bei ihm vorbeikommen, damit er sich ein Bild von mir machen kann.«

»Grundgütiger! Jetzt mach doch nicht so ein Gesicht, Thealein. Freu dich lieber über diese Chance.«

»Genau, Mama. Diesen Benedikt wickelst du doch locker um den kleinen Finger.«

»Meint ihr wirklich?« Unsicher spielte Thea am Saum ihres Pullovers herum.

Entschlossen nickte Jule. »Auf jeden Fall. Du brauchst ganz dringend wieder mehr Selbstvertrauen. Du warst doch früher nicht so unsicher.«

Da musste Thea ihrer Tochter recht geben. »Ich arbeite daran, Jule. Das kannst du mir glauben. Was ist eigentlich mit dir? Hast du schon neue Pläne?«

Jules Lächeln strahlte bei dieser Frage vor aufrichtiger Freude und ihre Augen leuchteten. »Ich habe mich an der Regensburger Uni für ein Studium in Germanistik eingeschrieben. Nächstes Semester geht es schon los.«

»Heißt das, du bleibst hier?«

Theas Tochter nickte. »Jep. Jetzt brauche ich nur noch einen Job und vielleicht finde ich auch eine günstige Wohnung.«

Ein sanftes Glücksgefühl wehte durch Theas Körper. Sie freute sich unglaublich, ihre Tochter wieder in der Nähe zu haben. Vielleicht würde sich alles in ihrem Leben nun doch schneller als gedacht wieder zum Guten wenden.

»Du kannst bei mir wohnen, so lange du möchtest. Das weißt du doch. Und was den Job angeht, da wüsste ich etwas für dich.« Sie erzählte Jule von Connys Jobangebot.

»Das ist ja ein Ding. Ich bin so froh, dass es endlich wieder aufwärts geht. Die Trennung von Patrick war nicht leicht.«

»Vermisst du ihn?«, wollte Annegret wissen und blickte ihr direkt in die Augen.

Entschieden schüttelte Jule den Kopf. »Kein bisschen.« Ihre Wangen schimmerten rosig. Sie strich sich das lange blonde Haar auf den Rücken. Jule war wirklich hübsch. Theas Mutterherz hüpfte vor Freude.

Genau in diesem Moment kam Nonna zurück und stellte die herrlich duftende Pasta auf den Tisch. »Buon appetito!«

»Kannst du uns bitte noch eine Flasche Prosecco bringen?« Annegret strahlte Nonna an. »Wir haben heute etwas zu feiern.«

Nonna zwinkerte ihnen zu. »Come no! Ich bin gleich zurück.«

Keine fünf Minuten später stellte sie schwungvoll den Prosecco samt Gläser auf den Tisch. »Ich muss leider wieder in die Küche. Trinkt einen für mich mit.«

Mit einem zufriedenen Lächeln im Gesicht schenkte Annegret jedem von ihnen ein großzügiges Glas ein. »Auf uns, Mädels!«

Thea trank einen gierigen Schluck und spürte sofort, wie ihr das spritzige Getränk in den Kopf stieg. Sie musste dringend etwas essen. Genießerisch spießte sie eine Nudel auf die Gabel.

»Später muss ich unbedingt noch in den Biosupermarkt, ein paar Sachen einkaufen. Kannst du mir vielleicht tragen helfen? Ich habe das Auto zu Hause gelassen.« Annegret sah sie fragend an.

»Ja, natürlich. Wir können auf dem Heimweg den Bus nehmen. Ich bin auch zu Fuß hergelaufen.«

»Was ist mit dir, Julchen. Kommst du mit?«

Jule tupfte sich mit der Serviette über den Mundwinkel und schüttelte den Kopf. »Nein, ich werde nachher gleich zu Conny in den Buchladen gehen, um mit ihr über den Job zu sprechen.«

Wenig später verabschiedeten sich die drei vor dem *Biasinis* voneinander.

»Ich weiß noch nicht, wann ich nach Hause komme. Vielleicht gehe ich mit ein paar Freunden noch was trinken«, rief Jule, die sich schon ein paar Schritte entfernt hatte und zum Abschied winkte.

»Ich bin so froh, dass es ihr gut geht und sie ihr Leben in die Hand nimmt.« Thea seufzte. »Mit Patrick wäre sie bestimmt nicht glücklich geworden.«

»Du kannst stolz auf deine Tochter sein. Sie ist eine wunderbare, junge Frau.«

Annegret schenkte ihr ein Lächeln, bevor sie Thea am Ärmel in den Bioladen zog und sie hinüber zu den Gewürzen schickte, während sie selbst sich im Regal mit den verschiedenen Ölen und Essigen umsah.

Mit ihrem Blick scannte Thea die Abteilung nach der italienischen Gewürzmischung ab, die Annegret so gerne mochte. Sie trat einen Schritt zurück und rempelte dabei jemanden an. Erschrocken wirbelte sie herum und wollte sich gerade entschuldigen, als sie erkannte, wer da vor ihr stand.

»Gustav! Natascha! Das ist ja eine Überraschung.« Thea sog scharf die Luft ein und zwang sich zu einem freundlichen Lächeln.

»Hallo, Thea. Lange nicht gesehen.« Nataschas Stimme klang kühl und sie machte sich erst gar nicht die Mühe, zu verbergen, wie wenig sie sich über diese Begegnung freute.

Doch Thea wollte keinen Groll mehr gegen diese Frau hegen. Nichts war ihr lieber, als mit der Vergangenheit abzuschließen und die Erinnerung an die damalige Zeit abzuschütteln wie eine lästige Fliege.

»Liebling, warum gehst du nicht schon mal vor an die Kasse?« Gustavs Stimme klang zuckersüß. Nataschas Miene wurde skeptisch. »Ich will Thea nur kurz fragen, wie es Jule geht.«

Seine Frau verdrehte die Augen. »Also schön. Aber beeil dich.«

Thea fühlte Gustavs warme Hand auf ihrem Rücken. »Du fehlst mir so, Thea«, flüsterte er in ihr Ohr.

Sie spürte, wie Natascha sie aus den Augenwinkeln beobachtete, und machte einen großen Schritt zu Seite, um den Abstand zwischen ihr und Gustav zu vergrößern.

»Ach, Gustav. Ich dachte, wir hätten das geklärt.«

Er vergrub die Hände in seiner Jackentasche und sah betreten zu Boden. Schließlich blickte er Thea direkt in die Augen und schüttelte kaum merklich den Kopf.

»Alles in Ordnung, Thealein?«

Wie auf Kommando war Annegret neben ihr aufgetaucht und Thea atmete erleichtert auf. Die ältere Dame schenkte Gustav einen vernichtenden Blick.

Er zuckte kurz zusammen. Ein herausforderndes Lächeln huschte über sein Gesicht und verschwand wieder. »Ich muss dann mal los. Wir sehen uns.«

Thea beobachtete, wie besitzergreifend Natascha nach seiner Hand griff und sie böse anstarrte. *Lass bloß deine Finger von ihm*, sagte dieser Blick, *sonst kriegst du es mit mir zu tun.*

»Was bitteschön war das denn eben?« Annegret runzelte die Stirn. »Der hat dich mit seinen Augen geradezu verschlungen.«

Thea krümmte sich innerlich. »Das hast du dir nur eingebildet.«

Annegret ließ den Einkaufswagen los und stemmte die Hände in die Hüften. Ihr Blick war eindringlich. »Verkauf mich nicht für dumm. Das kann ich überhaupt nicht leiden. Ich weiß, was ich gesehen habe. Du solltest klare Verhältnisse schaffen, Thea.«

Plötzlich schien es ihr Brust und Kehle zuzuschnüren. Sie fühlte sich wie ein Kind, das von einem Erwachsenen ohne Grund zurechtgewiesen wurde. Ihre Wangen glühten und Wut stieg in ihr auf wie brennendes Feuer.

»Ich weiß schon, was ich tue. Das brauchst du mir nicht zu sagen!« Wütend stürmte Thea nach draußen und schnaubte ungläubig.

Sie hatte das alles so satt. Was dachte sich Gustav eigentlich und warum glaubte Annegret, sie könne sich ständig in ihr Leben einmischen?

Annegret war ihr nach draußen gefolgt und zündete sich in aller Ruhe eine Zigarette an. »Es war nicht böse gemeint, Thealein. Bitte entschuldige. Ich wollte nicht übergriffig sein.«

Thea sah sie mit glasigen Augen an und nickte. »Mir tut es auch leid. Ich habe völlig überreagiert.«

Annegret klopfte die Asche von ihrer Zigarette und stopfte die Kippe unauffällig in die Erde eines Blumenkübels. Dann schlang sie ihre Arme um Thea. »Ich mache mir nur Sorgen um dich«, flüsterte sie.

»Ich weiß.« Thea drückte ihre Hand. »Aber das brauchst du nicht.«

Trotz ihrer oftmals scharfen Zunge war Annegret der gutmütigste und großherzigste Mensch, den sie kannte.

♫ My Baby Just Cares for Me ♫

Nina Simone

Heute gönnte sich Thea etwas von der teuren Duschcreme, die angenehm nach Lavendel duftete, und die sie sich sonst immer für besondere Anlässe aufsparte. Sie genoss das warme Wasser auf ihrer Haut und achtete sorgsam darauf, dass ihre Haare nicht nass wurden. Denn heute waren ihre sonst so wilden Locken ausnahmsweise perfekt.

Anschließend schlüpfte sie in ihre hellblaue Lieblingsjeans mit der dezenten Blumenstickerei am rechten Oberschenkel, ein weißes Shirt und einen dunkelblauen Blazer. Bis auf die silberfarbenen Ohrringe mit Glitzerstein verzichtete Thea auf Schmuck und auch in Sachen Make-up war ihr heute nach einem natürlichen Look. Ein bisschen Wimperntusche und ein wenig getönte Tagescreme reichten ihr völlig.

Zufrieden betrachtete sie sich in dem großen Spiegel. In diesem Outfit fühlte sie sich professionell und machte gleichzeitig einen entspannten und lässigen Eindruck. Genau die richtige Mischung, fand Thea.

Ihre Locken schmiegten sich wie feine Korkenzieher um ihr Gesicht, ihre Augen strahlten und ihre Haut schimmerte leicht rosig. Adrenalin rauschte durch ihren Körper und Thea spürte ein vorfreudiges Kribbeln in ihrem Bauch. Heute war ihr großer Tag. Endlich hatte sie die Chance, ihren alten

Traum zu verwirklichen und die würde sie nutzen. Sie schenkte sich selbst noch einmal ein ermutigendes Lächeln, bevor sie zu Jule und Annegret in die Küche ging und sich eine Tasse Kaffee einschenkte.

Annegret schloss schnell das Fenster und wedelte wild mit ihrer Hand in der Luft herum. Misstrauisch reckte Thea die Nase in die Luft.

»Sag bloß nicht, du hast hier drinnen wieder geraucht.«

Ihre Vermieterin zuckte nicht einmal mit der Wimper. »Das würde ich nie tun, Thealein. Wir haben doch eine Abmachung.«

Wer´s glaubt!

Anerkennend pfiff Annegret durch die Zähne. »Gut siehst du aus.«

Jule legte den Arm um ihre Mutter. »Und du strahlst heute richtig.«

Demonstrativ drehte sich Thea um die eigene Achse, fast wie ein Model. »Ich fühle mich auch gut. Sag mal Annegret, was ist denn dieser Benedikt Breuer für ein Typ? Wie ist der so?«

Betont lässig zuckte Annegret mit den Schultern. »Das kann ich dir nicht sagen, meine Liebe. Er ist ein Freund von Anton. Auf mich macht er einen leicht chaotischen Eindruck. Persönlich kenne ich ihn kaum.« Ihr Blick ruhte einige Sekunden auf Thea. »Du machst das schon.«

Thea nickte und nippte an ihrem Kaffee. »Das Wichtigste ist doch, dass ich überhaupt den Mut gefunden habe, um es zu versuchen. Alles andere liegt nicht in meiner Hand.«

Jule lächelte sie aufmunternd an. »Du überzeugst ihn bestimmt. Ich glaub fest an dich.«

Dankbar fiel Thea ihrer Tochter um den Hals. »Ich bin so froh, dass du wieder hier bist.«

Annegret räusperte sich übertrieben laut und klimperte mit ihren langen Wimpern, als Thea sich umdrehte und sie ansah. Ihre schlanken Finger zeigten auf ein Paket, das auf dem Tisch lag.

»Könntest du das hier vielleicht mit zur Post nehmen, wenn du sowieso unterwegs bist? Es liegt doch auf deinem Weg. Mein Hals kratzt ein wenig und ich bin froh, wenn ich heute nicht aus dem Haus muss.«

Mit besorgtem Blick musterte Thea die ältere Dame. »Ich glaube, du qualmst einfach zu viel.«

»Pah!« Annegret entschlüpfte ein amüsiertes Kichern. »Das glaube ich kaum. Mittlerweile rauche ich nur noch eine halbe Schachtel am Tag.«

Seufzend hob Thea ihre Augenbrauen und tänzelte an Annegret vorbei. Dazu sagte sie lieber nichts. Über deren lästige Angewohnheit hatten sie oft genug diskutiert. Schließlich schnappte sie sich das Päckchen.

»Ich habe es bereits über das Internet bezahlt. Du musst es nur am Postschalter abgeben.«

Zur Bestätigung nickte Thea. »Jetzt muss ich aber los. Bis später, ihr beiden.«

»Wir drücken dir die Daumen. Ruf an und erzähl uns, wie es gelaufen ist« meinte Jule, bevor ihre Mutter die Tür hinter sich zuzog.

Als sie ihren Mantel anzog, warf Thea einen letzten Blick in den Spiegel, um ihr Äußeres einer weiteren Prüfung zu unterziehen und machte sich auf den Weg.

Die Sonne schien und das Wetter zeigte sich heute von seiner besten Seite. Thea entschied sich gegen das Auto und ging zu Fuß. Genug Zeit hatte sie noch und die frische Luft würde ihr guttun und hoffentlich die restlichen Selbstzweifel, die noch an ihr nagten, einfach wegpusten.

Das Herz hämmerte wild in ihrer Brust. Nun war sie doch ganz schön aufgeregt. Ihre Hände zitterten leicht. Das morgendliche Licht tauchte die Stadt in ein wunderschönes Honiggelb. Auf der Steinernen Brücke blieb Thea für einen Moment stehen, blickte hinunter auf das Wasser und ging in Gedanken noch einmal die Worte durch, die sie sorgfältig für das Gespräch einstudiert hatte. Ihre Finger umschlossen Annegrets Päckchen. Dabei fiel ihr auf, dass es nicht ordentlich zugeklebt war und auf der Seite einen kleinen Riss hatte.

»Thea!« rief ihr jemand entgegen.

Ihr Puls raste nun deutlich schneller. Sie wusste genau, zu wem diese Stimme gehörte, die angenehm warm und männlich klang. Sofort drehte sie sich um.

»Kurt, nein! Bleib hier!«

Gerade noch konnte sie erkennen, wie Anton entsetzt die Hände über dem Kopf zusammenschlug, bevor sie den harten Boden unter ihrem Rücken spürte und etwas Feuchtes ihr Gesicht kitzelte. Vorsichtig blinzelte sie. Kurt leckte über ihr Gesicht.

Igitt! Ausgerechnet heute!

Verärgert schob sie den riesigen Hundekopf zur Seite. Da stand auch schon Anton über ihr, packte Kurt im Nacken und stauchte ihn ordentlich zusammen, bevor er Thea die Hand reichte und ihr auf die Beine half.

»Kannst du nicht besser auf deinen Hund aufpassen?« Eigentlich hatte Thea nicht so laut schreien wollen.

Betreten blickte Anton zu Boden. »Es tut mir ehrlich leid. Ich habe mich einfach gefreut, dich zu sehen und in dem Moment die Leine nicht fest genug gehalten.« Er klang zerknirscht und hob entschuldigend die Arme.

Ungläubig blickte Thea an sich herunter. Der Saum ihrer Jeans war dreckig und am linken unteren Hosenbein konnte sie ein Loch erkennen. Ihr Mantel war voll mit Hundesabber.

Thea schnaubte und bedachte Anton mit einem wütenden Blick. Der vergrub verlegen seine Hände in den Hosentaschen und wusste nicht so recht, was er sagen sollte. Kurt rührte sich nicht mehr von der Stelle.

»Entschuldige, Thea. Kann ich dich später auf einen Kaffee einladen? Als Wiedergutmachung?«

Resigniert schüttelte Thea den Kopf. Zum Glück hatte sie sich dieses Mal nicht ernsthaft weh getan. »Ich habe gleich einen wichtigen Termin. Außerdem muss ich für Annegret noch etwas auf die Post bringen. Wo ist eigentlich dieses verdammte Paket?« Verzweifelt suchte ihr Blick den Boden nach dem braunen Paket ab. »Oh mein Gott! Was zum Teufel ist das denn bitte?«

Ein paar Meter von ihnen entfernt lagen Plastikpenisse in sämtlichen Formen und Farben. Thea brauchte einen Moment, bis sie kapierte, dass es sich um den Inhalt des besagten Päckchens handelte. Die Röte schoss ihr ins Gesicht. Aus den Augenwinkeln konnte sie erkennen, wie einige Leute belustigt darauf zeigten, sich gegenseitig anstupsten und ungeniert grinsten.

In diesem Augenblick hörte sie Anton kehliges Lachen. »Ich kann es nicht glauben. Verkauft Tante Annegret immer noch dieses Zeug?«

♫ Can't We Be Friends ♫

Ella Fitzgerald & Louis Armstrong

Amüsiert blickte er Thea an, die ihn immer noch ungläubig anstarrte.

»Deine Tante verkauft Sexspielzeug? Ist das dein Ernst?«

Das Entsetzen in ihrer Stimme brachte ihn nur noch mehr zum Lachen. »Ja, ziemlich erfolgreich sogar. Sie hat damit kurz nach Onkel Georgs Tod angefangen. So wie es Tupperpartys gibt und Kochabende mit diesem Tongeschirr, nachdem Tante Annegret so verrückt ist, gibt es eben auch Dildopartys. Ich glaube jedenfalls, dass man sie so nennt.«

Nun prustete auch Thea los. »Das glaube ich einfach nicht. Da kann ich ja froh sein, dass sie mich zu einem harmlosen Kochabend mitgeschleppt hat und nicht zu einer Vorführung für Sexspielzeug.«

Er mochte ihre Art zu lachen. Es klang unbeschwert und fröhlich und dabei strahlte ihr ganzes Gesicht. Anton spürte ein heftiges Ziehen in seiner Herzgegend. Am liebsten würde er sie einfach küssen. Doch dazu fehlte ihm in diesem Augenblick der Mut. Nervös trat er von einem Fuß auf den anderen und zupfte sich ein paar nicht vorhandene Fussel von seiner Jacke. Er spannte die Schultern an und hoffte inständig, dass sie seine Aufregung nicht bemerkte.

Mit seinen Fingern strich er ihr behutsam eine Haarsträhne hinter das Ohr und zog etwas heraus. »Du hattest da ein kleines Blatt in deinen Haaren.« Er lächelte unsicher.

»Danke.« Sie wuschelte sich durch ihre Locken und machte einen Schritt zurück.

Für Antons Geschmack stand sie nun viel zu weit entfernt von ihm.

Hektisch warf sie einen Blick auf ihre Armbanduhr. »So ein Mist. Jetzt komme ich zu spät zu meinem Termin und das auch noch in diesem Aufzug.« Kopfschüttelnd sah sie an sich herab. »Was soll denn jetzt der Breuer von mir denken?«

Antons Augen weiteten sich vor Überraschung. »Du bist auf dem Weg zu Benedikt?«

Resigniert nickte Thea. »Er wollte mich wegen des Cafés sprechen.«

Ein Lächeln huschte über sein Gesicht und er freute sich, dass ihm das Universum ausnahmsweise direkt in die Hände spielte.

Jetzt wusste er auch, warum ihn sein bester Freund wenige Stunden zuvor per Handy aus dem Bett geklingelt hatte. Am Telefon hatte er mit keinem Sterbenswort erwähnt, dass er sich heute die Bewerber für das Café anschauen wollte. »Komm einfach und frag nicht lange«, hatte Benedikt gesagt und Anton hatte sich nach dem Frühstück auf den Weg gemacht. Schließlich war Benedikt nach der Trennung von Katja auch immer für ihn da gewesen.

»Zufälligerweise muss ich auch dort hin.«

»Zu Herrn Breuer?« fragte Thea, die gerade damit beschäftigt war, die Penisse von der Straße wieder einzusammeln.

Anton nickte. »Benedikt ist doch ein guter Freund von mir und ich soll dabei helfen, einen geeigneten Besitzer für das Café zu finden.«

Schließlich half er Thea beim Aufheben. Leider hatte sich sein Hund eins von diesen Dingern geschnappt und kaute begeistert darauf herum.

»Nun gib schon her!« Er zerrte an dem blauen Plastikdildo, was Kurt jedoch als Aufforderung zum Spiel betrachtete. »Aus!«

Zu seiner Überraschung gehorchte Kurt auf Anhieb und Anton stolperte gegen Thea. Ein elektrisierendes Kribbeln durchfuhr seinen Oberarm, mit dem er sie soeben berührt hatte und er fragte sich, ob es ihr ähnlich ging.

Thea blickte ihm direkt in die Augen. »Hast du vorhin nicht gemeint, dass du auf eine Wiedergutmachung bestehst?«

»Klar. Hast du dir das mit dem Kaffee überlegt?«, fragte er hoffnungsvoll.

Lachend warf Thea den Kopf in den Nacken. »Eigentlich dachte ich eher daran, dass du bei deinem Freund gleich ein gutes Wort für mich einlegen kannst. Er hat dir doch bestimmt von meinem Konzept erzählt?«

»Allerdings.« Anton schmunzelte. Das war nicht ganz die Antwort, die er erwartet hatte.

»Und? Was hältst du davon?«

Er rieb sich mit der Hand über das Kinn und ließ sich absichtlich Zeit mit seiner Antwort. Ungeduldig wippte sie mit ihren Füßen auf und ab. »Nun sag schon!«

»Es ist ganz okay«, meinte er schließlich.

»Nur ganz okay?« Thea boxte ihn in den Arm. »Ist das dein Ernst?«

Anton lächelte unverschämt. »Das war ein Witz. Ich finde deine Idee vom Jazzcafé großartig und ich kann mir vorstellen, dass du Benedikt damit überzeugst. Allerdings sollten wir uns jetzt wirklich auf den Weg machen. Er kann es nicht leiden, wenn er auf jemanden warten muss.«

Eine Millisekunde zögerte Thea. »Aber ich kann doch wohl schlecht so bei ihm auftauchen. Meine Jeans ist dreckig, mein Mantel voller Hundesabber und bestimmt stehen meine Haare in sämtliche Richtungen ab.«

Vorsichtig machte er einen Schritt auf sie zu und fuhr behutsam durch ihre Locken. »Ich finde, du siehst bezaubernd aus.«

Ihre Wangen färbten sich rot und Anton hätte sich für diesen Satz ohrfeigen können. Mit einem Mal genierte er sich schrecklich. Er war einfach völlig aus der Übung und wusste überhaupt nicht, wie er sich verhalten sollte.

Zum Glück überspielte Thea gekonnt die peinliche Stille zwischen ihnen und zeigte auf das Paket. »Und was machen wir damit?«

Anton klemmte sich den Karton unter den Arm und nahm mit der anderen Hand Kurt an die Leine. »Darum soll sich Annegret später selbst kümmern.«

Schweigend trotteten sie nebeneinander her. Kurts Hundeschnauze suchte nach ihrer Hand.

»Schon gut, Kurt. Ich bin dir nicht böse. Du kannst ja auch nichts dafür, dass sich dein Herrchen so schnell ablenken lässt.« Sie warf Anton einen Blick zu und fing wieder an zu lachen. »Schon seltsam findest du nicht? Irgendwie ziehen wir beide das Chaos magisch an.«

Anton zog eine Grimasse. »Ich habe eine Schwäche für chaotische Frauen.«

Vor dem Café blieben sie stehen.

»Bereit?« Er sah sie fragend an.

Thea atmete noch einmal tief durch, bevor sie entschlossen nickte. »Bereit.«

Anton hielt ihr die Tür auf. Er ging auf seinen Freund zu, während Thea sich vorerst im Hintergrund hielt. Inzwischen machte Kurt es sich unter einem der Stühle gemütlich.

Benedikt nippte an seinem Espresso und schob einen Stapel Papiere zur Seite, bevor er endlich aufsah. »Hey Anton, da bist du ja endlich! Die erste Bewerberin hast du leider verpasst. Das war die mit den Künstlerworkshops und ein echt heißer Feger, sag ich dir. Allerdings kommt die andere viel zu spät. Das spricht nicht gerade für sie.«

Thea räusperte sich lautstark.

Benedikt musterte sie abschätzig. »Kann ich Ihnen helfen?«

Selbstbewusst trat sie einen Schritt nach vorne und reichte ihm die Hand. »Thea Baumann. Wir haben einen Termin. Das Jazzcafé. Erinnern Sie sich?«

Anton zeigte in Richtung Toiletten. »Du kannst dich noch kurz frischmachen, wenn du magst. Wir warten hier auf dich.« Er zwinkerte ihr verschwörerisch zu und Thea lächelte ihn dankbar an.

Schließlich nahm Anton neben Benedikt Platz. Dieser wartete, bis Thea außer Sichtweite war, und packte seinen Freund am Ärmel. »Ihr kennt euch?«

Anton schoss die Röte ins Gesicht. Vorsichtig nickte er.

Erheiterung flackerte in Benedikts Augen auf. »Dann ist Thea Baumann die Traumfrau, von der du mir erzählt hast? Die, die du aus dem Rosenbusch gerettet hast?«

»Psst, nicht so laut! Sie kann dich doch bestimmt hören.«

Einen Moment lang saß Anton verlegen da, wandte den Blick ab und schaute aus dem Fenster. Da fiel ihm ein, dass er immer noch Annegrets Paket in der Hand hatte und stellte es ab.

Neugierig spähte Benedikt hinein und prustete los. »Was hast du denn mit dem Zeug hier vor? Oder gehört das Thea?«

Anton nickte amüsiert. »Sicher. Das gehört zu ihrem Konzept.«

»Du verarscht mich gerade, oder?« Benedikt warf einen Papierschnipsel nach ihm und beide lachten. »Ihr Gesicht ist ja ganz hübsch. Aber ihre Hose ist total verdreckt und ihr Mantel wirkt ziemlich ungepflegt.«

Peinlich berührt schlug Anton die Hände über dem Kopf zusammen. »Das ist alles meine Schuld.« Er deutete mit dem Zeigefinger Richtung Kurt. »Wenn man es genau nimmt, dann ist es eigentlich seine.« Daraufhin erzählte Anton seinem Freund die Kurzversion von dem, was zuvor geschehen war.

Benedikt schüttelte sich vor Lachen. »Das kann auch nur dir passieren«, wieherte er vergnügt.

In diesem Moment kam Thea zurück. »Ich bin bereit. Wie sieht´s bei euch aus?«

Ihr Lächeln kam zaghaft und Anton spürte, wie aufgeregt sie war. Am liebsten hätte er ihr aufmunternd die Hand gedrückt.

Benedikt deutete auf die riesige Siebträgermaschine hinter sich. »Kennen Sie sich damit aus?«

Entschlossen trat Thea hinter die Theke und inspizierte die Kaffeemaschine. »Das sollte kein Problem sein.«

»Tante Annegret behauptet, du machst den besten Milchkaffee der Stadt.«

»Wollt ihr eine Kostprobe?«

Die beiden Männer nickten. »Die Milch seht drüben im Kühlschrank«, meinte Benedikt. »Alles andere finden Sie in den unteren Schubladen ganz links.«

Fasziniert beobachtete Anton Thea dabei, wie sie mit der kompliziert aussehenden Kaffeemaschine einen leckeren Milchkaffee für sie zauberte, während sie ganz unbefangen mit ihnen plauderte. Ihre Nervosität schien wie weggeblasen und sie war ganz in ihrem Element.

»Als Studentin habe ich in den unterschiedlichsten Cafés gejobbt und im letzten Jahr habe ich zu meinem eigenen Vergnügen an einem Baristakurs teilgenommen«, erklärte sie, als sie die Tassen vor ihnen abstellte.

Benedikt nahm einen Schluck und verbrannte sich dabei fast die Zunge. »Heiß!« Er pustete über den Milchschaum. »Aber köstlich.«

Zufrieden nickte Thea und setzte sich zu ihnen an den Tisch. »Ich würde allerdings die Kaffeebohnen der Rösterei aus Parsberg bevorzugen. Das macht geschmacklich noch einmal einen großen Unterschied und die Qualität ist hervorragend. Ich kenne die Inhaber, sie machen mir bestimmt einen fairen Preis.«

Nachdenklich rührte Benedikt in seinem Kaffee. »Ihre Idee mit dem Jazzcafé gefällt mir außerordentlich gut. Das muss ich zugeben.«

Sie unterhielten sich über die Details und Benedikt bestand kurz darauf, dass sie sich duzten. Thea erklärte ihm, wie sie das Café optisch umgestalten würde und Antons Freund hörte begeistert zu. Auch er schien Thea zu mögen.

»Das klingt alles sehr vielversprechend.«

Sie strahlte über das ganze Gesicht.

»Vielleicht könnte dort auch eine Jazzband regelmäßig auftreten. Livemusik kommt bestimmt gut an«, meinte Benedikt ganz uneigennützig und Anton verdrehte die Augen.

Begeistert klatschte Thea in die Hände. »Den gleichen Gedanken hatte ich auch!«

Übertrieben klimperte Benedikt mit seinen Wimpern, was Anton etwas affig fand. »Ich kenne da zufällig eine sehr talentierte Band.« Er grinste verschmitzt. »Anton und ich spielen seit einigen Jahren gemeinsam in einer Jazzband. Bisher haben wir das leerstehende Café immer als Raum zum Proben genutzt.«

»Stimmt! Anton hatte erwähnt, dass er Saxophon in einer Band spielt.«

»Es wäre großartig, wenn wir weiter hier proben könnten.«

Thea schenkte ihm ein aufrichtiges Lächeln. »Das ist überhaupt kein Problem. Es wird ja auch den ein oder anderen Ruhetag geben.«

Sie plauderten noch ein wenig und schmiedeten eifrig Pläne. Auch Anton steuerte ein paar Ideen bei. Doch mit einem Mal wurde Thea seltsam still.

»Alles in Ordnung?« hakte Anton vorsichtig nach.

Kaum merklich schüttelte sie den Kopf und seufzte. »Wenn ich ehrlich mit euch sein soll, dann bereitet mir das Finanzielle ein wenig Sorgen. Annegret hat mir in dieser Hinsicht zwar Unterstützung zugesichert, aber ich habe Angst, dass es nicht ausreicht.« Thea blinzelte.

Anton schluckte. Er befürchtete, dass dieser Satz für Benedikt ein k.o. Kriterium sein könnte.

Sein Freund schaute ihn an, bevor er zu Thea hinübersah. Sein Blick war eindringlich, aber schwer zu deuten. Schließlich legte er ihr in einer freundschaftlichen Geste die Hand auf die Schulter.

»Weißt du was, Thea? Als du vorhin hier gestanden hast, in dreckiger Jeans und wirren Haaren, hatte ich so meine Zweifel. Das gebe ich zu. Aber ich liebe deine Idee vom Jazzcafé und damit hast du mich gepackt.« Er räusperte sich. »Was hältst du von folgendem Vorschlag: Ich kümmere mich um die finanziellen Angelegenheiten und du agierst als Geschäftsführerin. Selbstverständlich liegt die Hauptverantwortung bei dir. Was meinst du?«

♫ Fever ♫

Peggy Lee

Thea rieb sich den Nacken und atmete tief durch. Endlich fiel die ganze Anspannung von ihr ab. Sie blickte Anton direkt in die Augen und sein Lächeln sorgte für ein angenehmes Kribbeln in ihrer Bauchgegend. Gemeinsam standen sie vor dem Café, welches nun bald Thea führen würde. Benedikt hatte sich kurz zuvor von ihnen verabschiedet.

»Ich kann es immer noch nicht glauben. Jetzt ging alles doch viel einfacher als gedacht.« Sie strahlte über das ganze Gesicht.

»Dann bist du zufrieden, wie es gelaufen ist? Als Benedikt dir den Vorschlag gemacht hat, dich als Geschäftsführerin einzusetzen, hatte ich so meine Zweifel.«

Thea legte den Kopf schief. »Aber warum?«

»Ich weiß auch nicht. Irgendwie habe ich dich anders eingeschätzt. Ich dachte, dass du lieber unabhängig sein willst.« Er klang überrascht.

Ein amüsiertes Lächeln huschte über ihre Lippen. »Ich vertraue einfach meinem Bauchgefühl und Benedikts Vorschlag fühlt sich für mich stimmig an. So kann ich meinen Traum verwirklichen, habe aber gleichzeitig kein Risiko. Was will ich mehr?«

Anton nickte. »Da hast du recht. Ich bin mir sicher, dass ihr beide ein gutes Team seid. Deine Idee hat ihn wirklich begeistert, sonst hätte er dir niemals diesen Vorschlag unterbreitet. Darauf kannst du dir etwas einbilden.«

»Steht deine Einladung zu einem Kaffee eigentlich noch?«

Das Herz in ihrer Brust hämmerte wild. Er stand so dicht vor ihr, dass ihr der Duft seines Rasierwassers, ein Hauch Bergamotte und ein wenig salzig vom Kontakt mit seiner Haut, in die Nase stieg.

Anton streichelte seinem Hund den Kopf und nickte. »Eigentlich schon. Aber Kurt war heute kaum draußen. Was hältst du von einem Spaziergang und einem Milchkaffee zum Mitnehmen?«

»Klingt gut.« Thea schenkte ihm ein aufrichtiges Lächeln.

Unterwegs holten sie sich ein warmes Getränk in der Café-Bar, bevor sie weiter Richtung Donau schlenderten. Eine Weile gingen sie einfach nebeneinander her und keiner sagte ein Wort.

Doch das Schweigen zwischen ihnen war nicht unangenehm. Im Gegenteil. Thea erwischte sich dabei, wie sie ihn immer wieder verstohlen aus den Augenwinkeln musterte.

Vorne, am Grieser Spitz waren im Moment kaum Leute unterwegs und Anton ließ Kurt von der Leine. Eine kühle Brise ließ Thea einen Moment frösteln.

In einer vertrauten Geste nahm er ihre Hand in seine und strich zärtlich darüber.

»Deine Hände sind eiskalt.«

Thea spürte, wie ihre Wangen heiß wurden. Antons Blick senkte sich auf ihren Mund. Sie blinzelte. Ihr Herz machte bei der Vorstellung, er könnte sie jeden Moment küssen, einen Satz.

Doch der laute Klingelton seines Handys ließ sie erschrocken zusammenzucken und zerstörte die romantische Stimmung zwischen ihnen. Automatisch trat Thea einen Schritt zurück. Der Anrufer erwies sich als äußerst hartnäckig.

»Du solltest vielleicht lieber rangehen. Ich nehme in der Zwischenzeit Kurt an die Leine.«

Anton seufzte und nahm den Anruf entgegen. Er blieb wie angewurzelt stehen und nickte zwischendurch energisch. Als er wenige Minuten später aufgelegt hatte, berührte er kurz Theas Arm. »Das war Doris. Jakob hat sich beim Fußballspielen verletzt. Sie muss mit ihm ins Krankenhaus fahren und will Nora nicht mitnehmen.«

»Das tut mir leid. Ich hoffe, es ist nichts Schlimmes.«

»Anscheinend kann er nicht auftreten. Meine Schwester vermutet, dass er sich vielleicht das Bein gebrochen hat. Ich habe ihr versprochen, mich gleich auf den Weg zu machen, um auf Nora aufzupassen. Ihr Mann ist beruflich wieder unterwegs.«

»Das verstehe ich.« Thea bemühte sich, nicht allzu enttäuscht zu klingen. Schließlich handelte es sich um einen familiären Notfall. »Vielleicht sehen wir uns bald wieder?«

»Ganz bestimmt.« Anton ließ seinen Daumen über das Display seines Handys huschen und tippte hastig eine Textnachricht. Schnell hauchte er Thea einen Kuss auf die Wange. »Ich muss los. Bis bald.«

Sie schob ihre kalten Finger in die Taschen ihres Mantels und sah Anton und Kurt hinterher, die sich immer weiter von ihr entfernten. Ihre Brust hob sich zu einem tiefen Atemzug. Dann lächelte sie.

Beinahe hätte Anton sie geküsst. Noch hatte sie keinen Schimmer, wie es weitergehen sollte. Doch Thea fühlte sich endlich bereit für einen Neuanfang. In ihrem Leben und in der Liebe.

♫ ♫ ♫

Ihr Lächeln verrutschte, als sie erkannte, wer da auf der kleinen Holzbank saß, die vor Annegrets Haus an der Wand zum Eingang stand. Lässig hatte er die Beine ausgestreckt und die Arme hinter dem Kopf verschränkt. Seine Miene strahlte nichts als Gelassenheit aus. Bevor Thea auch nur blinzeln konnte, war er aufgesprungen und auf sie zugestürmt. Gustav schlang seine Arme um sie.

»Da bist du ja endlich. Ich warte hier schon eine halbe Ewigkeit auf dich.«

Als sie ihr Gleichgewicht wieder gefunden hatte, schob sie ihn von sich weg. »Was machst du denn hier?« Ihr Tonfall verriet, dass sie von seinem Besuch wenig begeistert war.

»Können wir kurz reden? Bitte, Thea.«

Für einen kurzen Augenblick schloss sie die Augen, biss sich auf die Lippe und nickte dann. »Also schön.« Sie setzte sich neben Gustav auf die Bank.

»Annegret hat mir schon gesagt, dass du unterwegs bist. Aber reinlassen wollte sie mich auch nicht, als ich ihr gesagt habe, dass ich auf dich warte.«

Thea verdrehte die Augen. »Hast du ernsthaft erwartet, dass du hier mit offenen Armen empfangen wirst?«

Seine verwirrte Miene verriet, dass er tatsächlich einen Moment verunsichert war.

»Annegret kennt unsere Geschichte«, erklärte sie.

Mit weitaufgerissenen Augen öffnete Gustav den Mund, zweifelsohne um zu protestieren und sich selbst zu verteidigen. Doch zu Theas Überraschung sagte er nichts. Er blickte eine Weile ins Leere, bevor er sie unverwandt ansah. »Ich werde mich von Natascha trennen. Das wollte ich dir nur sagen.«

»Du willst was?« Ihr unkontrollierter Tonfall verriet, wie entsetzt sie war. »Ich fasse es einfach nicht.« Thea schüttelte den Kopf.

»Ich dachte, du freust dich darüber.« Gustav klang zerknirscht und richtete seinen besorgten Blick auf Thea.

Kurz zog es heftig in ihrem Herzen und Erinnerungen flackerten in ihr auf. Gute und schlechte. »Natascha will unbedingt ein Kind.«

Theas Augen weiteten sich vor Überraschung. Dann brach sie in schallendes Gelächter aus.

»Das findest du wohl witzig, was?« Er lächelte vorsichtig.

»Irgendwie schon.« Sie atmete tief durch. »Ich finde, du solltest dich nicht von ihr trennen.« Niemals in hundert Jahren hätte Thea damit gerechnet, dass sie ihrem Ex-Mann eines Tages diesen Ratschlag geben würde. »Jedenfalls nicht meinetwegen.«

Sein Kopf sank in den Nacken und für einen Moment wirkte er nachdenklich. Dann starrte er sie eine Ewigkeit an und umfasste ihre Wange.

»Du bist so anders als früher.« Die unterschiedlichsten Gefühle spiegelten sich in seinen Augen wider. »Aber das gefällt mir irgendwie.«

Der Impuls, ihn in die Arme zu nehmen, verflüchtigte sich spontan. Thea bemühte sich um einen strengen Gesichtsausdruck. »Willst du Natascha ernsthaft so verletzen, wie du es damals bei mir getan hast? Willst du das ganze Drama noch einmal erleben? Verlass sie nicht meinetwegen, Gustav.«

In diesem Moment dachte Thea an Anton und fragte sich, wie seine Lippen sich wohl auf ihren anfühlen würden. Ein verliebtes Lächeln stahl sich über ihr Gesicht und verschwand gleich wieder.

»Gibt es in deinem Leben einen neuen Mann?«

Lässig zuckte Thea die Schultern. »Sagen wir mal so: Ich bin bereit, neu anzufangen.«

Sie meinte, ein winziges Kopfschütteln von Gustav wahrzunehmen. Sein Gesicht verfinsterte sich. »Natascha und ich sind nicht glücklich.«

»Das ist nicht mein Problem.« Ihre Stimme klang gleichgültig und das Mitleid für ihren Ex hielt sich in Grenzen.

Gustav zuckte kurz zusammen, fasste sich jedoch gleich wieder. Er stand auf und blickte Thea fest in die Augen.

»Ich glaube, ich merke erst jetzt, was ich an dir hatte.«

»Zu spät«, flüsterte sie leise.

»Wer weiß?« Hoffnungsvoll lächelte er sie an.

Doch Thea konnte und wollte es nicht erwidern.

»Bis bald, Thea.«

In ihren Ohren klang das fast wie eine Drohung und sie verdrehte die Augen.

Erleichtert sperrte sie wenige Minuten später die Haustür auf. Zum Glück war er gegangen, ohne dass sie ihn dazu auffordern musste. Thea freute sich auf ihr Sofa und ein gutes Buch. Doch Annegret wartete bereits mit verschränkten Armen im Treppenhaus auf sie und machte ihre Pläne zunichte.

»Und, hast du dich wieder von ihm bequatschen lassen?« Sie machte sich gar nicht erst die Mühe, den Vorwurf in ihrer Stimme zu verbergen. »Ich habe euch vom Fenster aus beobachtet.«

Genervt schüttelte Thea den Kopf. »Nein, habe ich nicht. Aber im Grunde genommen geht dich das auch nichts an.« Sie drückte Annegret das demolierte Paket in den Arm. »Außerdem sollten wir uns dringend unterhalten.«

Dieses Mal saßen sie unten in Annegrets Wohnung, in der ein bunter Mix aus rustikalen Möbeln, vielen Kissen und Schätzen vom Flohmarkt herrschte.

Annegret reichte Thea eine Tasse, die daraufhin angewidert das Gesicht verzog.

»Igitt! Du weißt doch genau, dass ich keinen Tee mag!«

Die ältere Dame lachte ungeniert. »Das muss mir in dem Moment wohl entfallen sein. Was wolltest du mit mir besprechen, Thealein? Gab es ein Problem mit dem Paket?«

Thea bohrte ihren Zeigefinger in Annegrets blütenweiße Bluse. »Du hast es nicht ordentlich zugeklebt. Deinetwegen habe ich mich ordentlich blamiert, weil überall diese Penisse aus Plastik auf der Straße herumlagen.«

Annegret brach in schallendes Gelächter aus und klopfte sich mit der flachen Hand immer wieder auf den Schoß. »Nicht dein Ernst!«

»Anton hat gesagt, du verkaufst Sexspielzeug. Stimmt das?«

»Du warst mit Anton unterwegs?«

Thea seufzte. »Jetzt lenk nicht ab.«

Lässig zuckte Annegret die Schultern. »Ja, schon eine ganze Weile, sogar ziemlich erfolgreich. Ich habe mir sogar überlegt, einen eigenen Onlineshop dafür einzurichten.«

Thea versuchte sich noch einmal an dem Tee und verschluckte sich sofort. »Ist das dein Ernst?«

Annegret nickte. »Jetzt schau nicht so entsetzt. Lass mir doch einfach meinen Spaß. Wenn du magst, kann ich dich gerne beraten.«

Thea schlug die Hände über dem Kopf zusammen. »Danke, ich verzichte lieber.«

»Das Angebot steht. Aber sag mal, wie war eigentlich dein Termin bei Benedikt?«

In diesem Moment lächelte Thea und sämtliche Muskeln in ihrem Körper entspannten sich. Schließlich erzählte sie Annegret, wie ihr Tag gelaufen war.

♫ Dream a Little Dream of Me ♫

Ella Fitzgerald & Louis Armstrong

Nora entschlüpfte ein Kichern, als sie Anton zum dritten Mal hintereinander in Mau Mau geschlagen hatte. »Heute ist aber kein guter Tag für dich, Onkel Anton. Dauernd verlierst du.«

Anton rieb sich über die Stirn und legte den Stift zurück auf den gelben Block, den eine winzige Minnie Maus am unteren Rand verzierte. Er lächelte.

Seine Nichte hatte darauf bestanden, seine Niederlagen schriftlich festzuhalten. Schließlich brauchte sie später einen Beweis für ihren Bruder.

Unruhig rutschte die Kleine auf ihrem Stuhl hin und her und spielte an einem ihrer dünnen Flechtzöpfe herum. »Glaubst du, dass Mama und Jakob bald wieder heimkommen?«

Sein Blick wanderte in Richtung Uhr, bevor er Nora besorgt musterte. Er nickte und drückte aufmunternd ihren Arm. »Ganz bestimmt.«

»Hoffentlich ist es nicht so schlimm.« Überraschend schnell füllten sich ihre Augen mit Tränen. Sie blinzelte.

Behutsam zog Anton sie auf seinen Schoß und strich ihr sanft über den Rücken. »Alles wird gut, Nora. Du wirst sehen …«, tröstete er sie. »Jakob hat sich nur den Fuß verletzt. Im

Krankenhaus muss man oft lange warten, bis man drankommt.«

Vorsichtig nickte Nora und sah Anton dann direkt ins Gesicht. »Ja, das kann sein.« Ihre Stimme klang ein wenig wackelig.

»Was hältst du davon, wenn du mit Kurt ein bisschen in den Garten hinausgehst und ich uns eine Tasse heißen Kakao koche?«

»Das ist eine super Idee!«

Begeistert hüpfte sie von seinem Schoß und krabbelte unter den Tisch, wo Kurt bis eben vor sich hingedöst hatte, und lockte ihn mit einem Ball hervor. Schwanzwedelnd folgte er Nora in den Garten und Anton konnte vom Fenster aus beobachten, wie die beiden ausgelassen miteinander tobten.

Mittlerweile waren die Kinder seiner Schwester so vertraut mit seinem Hund, dass sie genau einschätzen konnten, wie wild sie mit ihm spielen konnten. Denn aufgrund seines massigen Körperbaus war es nicht so lustig, wenn Kurt sie aus Versehen und Übermut über den Haufen rannte.

Sein Herz machte einen Satz, je länger er die beiden betrachtete. Wie gerne wäre er selbst Vater geworden! Aber nach der schlimmen Scheidung von Katja hatte er diesen Wunsch endgültig begraben. Dafür unterstützte er seine Schwester, so gut er konnte, und genoss die Zeit mit Jakob und Nora umso intensiver.

Anton nahm sein Handy in die Hand und strich mit dem Daumen darüber. Doris hatte seine Nachricht noch überhaupt nicht gelesen. Vermutlich hatte sie ihr Telefon wie so oft lautlos geschaltet.

Wie immer machte er die Milch im Topf so heiß, dass er dabei zusehen konnte, wie einzelne Blasen aufsprudelten und tanzten. Schließlich gab er je drei großzügige Löffel Kakaopulver in zwei Tassen und kippte die heiße Milch darüber.

Wie so oft in den letzten beiden Stunden musste er wieder an Thea denken. Beinahe hätte er sie geküsst! Und wie er das getan hätte, nicht zu fordernd oder leidenschaftlich, aber durchaus entschlossen. Wenn seine männliche Intuition ihn nicht völlig im Stich ließ, hatte er das untrügliche Gefühl, dass sie sogar sehnsüchtig darauf gehofft hatte. Dieser Gedanke ließ ihn lächeln und sein Puls raste deutlich schneller als zuvor.

Achtsam verrührte er die heiße Schokoladenmilch und rief Nora samt Kurt zu sich ins Haus zurück. Seufzend ließ sich seine Nichte auf einen der Stühle plumpsen, mit ihren kleinen Fingern umklammerten sie die Tasse und pustete über das dampfende Getränk. »Du machst den Kakao immer viel zu heiß«, beschwerte sie sich.

Antons Hund hatte es sich auf dem grauen kuscheligen Teppich gemütlich gemacht, der vor Doris' bequemen Sofa lag. Vermutlich würde seine Schwester später wenig begeistert sein, wenn Kurt überall sein Fell darauf verteilt hatte.

»Was meinst du? Hast du Lust, auf eine Runde *Mensch ärgere dich nicht*?«

Nora verdrehte die Augen und schüttelte ihre dünnen Zöpfe. »Jetzt haben wir doch wirklich genug gespielt. Können wir nicht lieber einen Film anschauen? Ich weiß auch, wo Mama ihr Tablet versteckt hat.«

In dem Moment ging die Tür auf und Doris und Jakob kamen herein. Sein Neffe hatte Krücken bekommen und es war nicht zu übersehen, wie schwer er sich damit tat.

»Mama! Jakob!« Erleichtert stürmte Nora auf die beiden zu und drückte sie fest.

»Hallo, meine Kleine!«

Doris hob ihre Tochter hoch und drückte sie fest an sich, bevor sie Jakob auf die Couch half und seinen verletzten Fuß auf einem Kissen hochlagerte und sich zu ihrem Bruder an den Tisch setzte.

Auch Anton war froh, die beiden zu sehen. »Und? Was haben sie im Krankenhaus gesagt?« Er schaute sie fragend an.

Doris schnappte sich Antons Tasse und nahm einen kräftigen Schluck von seinem Kakao, was ihm ein fröhliches Grinsen entlockte.

»Alles halb so schlimm. Gott sei Dank. Es ist nichts gebrochen, aber sein Fuß ist verstaucht und er muss ihn die nächsten Tage schonen und eine Schiene tragen. Das ist für Jakob zwar nicht so toll, aber es hilft alles nichts. Mit dem Fußballspielen muss er wohl eine Weile warten.«

Anton blickte hinüber zu seinem Neffen, der mit missmutigem Gesichtsausdruck auf der Couch saß und Kurt den Kopf kraulte. »Kurt und ich schauen ganz oft bei dir vorbei. Dann gibt es heiße Schokoladenmilch und wir spielen stundenlang Monopoly.«

Gelangweilt zuckte Jakob mit den Schultern. »Klingt ganz okay.«

Schließlich steckte er seine Nase in einen Abenteuerroman, dem ihm seine fürsorgliche Schwester kurz zuvor aus seinem Kinderzimmer geholt hatte. Nora verschwand mit Kurt noch einmal nach draußen in den Garten.

»Und wie läuft es bei dir so, Bruderherz?«

Anton spürte, wie sich seine Wangen augenblicklich rot färbten. »Ganz gut«, antwortete er unverbindlich.

Doris legte den Kopf schief und musterte ihn interessiert. »Ganz gut also. Das ist ja mal eine konkrete Antwort. Dann muss ich wohl genauer nachfragen. Wie läuft es mit Thea? Habt ihr euch wiedergesehen?«

»Vorhin waren wir miteinander spazieren. Sie hat von Benedikt die Zusage für das Café bekommen, beziehungsweise die beiden sind jetzt sogar Geschäftspartner oder so etwas in der Art. Gerade als ich sie küssen wollte, klingelte mein Handy. Das war nicht gerade perfektes Timing von dir.«

Ihr Grinsen wurde breiter. »Dann bist du also so richtig verknallt?«

»Ich schätze schon«, antwortete er vorsichtig. Er zuckte lässig die Achseln, als würde das keine wichtige Rolle spielen.

Jakob lachte. »Bist du dafür nicht schon ein wenig zu alt, Onkel Anton?«

Er wusste, dass sein Neffe ihn nur aufziehen wollte, schnappte sich eines der Stuhlkissen und zielte Richtung Jakob, wobei er ihn absichtlich knapp verfehlte.

»Konzentrier du dich mal lieber auf dein Buch. Für die Liebe ist man nie zu alt.«

Jakob kicherte noch einmal und schüttelte den Kopf, bevor er sich wieder seiner Geschichte zuwandte.

»Und wie geht es weiter? Wann seht ihr euch wieder?«

»Ich weiß es nicht«, sagte er gedehnt und blickte hinaus zum Fenster, wo Nora immer noch mit Kurt herumtollte.

Schließlich sah er seine Schwester an. »Es ist irgendwie komisch. Ich fühle mich unsicher und bin total nervös.«

Ihre Stirn lag in nachdenklichen Falten. »Hast du Angst, dich auf sie einzulassen?«

»Vielleicht ein wenig. Aber das ist es nicht allein. Was das ganze Verliebtsein und so betrifft … Da bin ich einfach aus der Übung. Das mit Katja ist lange her.«

Mit großen Augen starrte Doris ihren Bruder an. »Du willst mir aber jetzt nicht erzählen, dass du seitdem mit keiner Frau mehr geschlafen hast?«

Genervt verdrehte Anton die Augen. »Ich glaube nicht, dass das jetzt das richtige Thema ist. Jakob sitzt doch immer noch auf der Couch und hat bestimmt riesengroße Ohren.«

»Nö, ich habe euch gar nicht richtig zugehört«, kommentierte dieser trocken und lachte laut.

Anton seufzte. »Natürlich gab es da hin und wieder jemanden. Aber das war nichts Ernstes und für regelmäßige One-Night-Stands oder bedeutungslose Affären bin ich nicht der Typ.«

Aufmunternd drückte Doris seinen Arm. »Du machst das schon. Sei einfach du selbst. Vielleicht kannst du ihr bei der Renovierung des Cafés ein wenig zur Hand gehen.«

»Ja, daran habe ich auch schon gedacht. Ich denke, dass auch Tante Annegret und ihre Freunde mit anpacken werden. Aber vermutlich kann sie jede Hilfe brauchen.« Er überließ seiner Schwester den letzten Schluck seines Kakaos. »Ich werde mich jetzt mal auf den Heimweg machen. Kurt ist bestimmt müde. Nora hat ihn heute ganz schön auf Trab gehalten.«

»Das kann ich mir gut vorstellen.« Doris nickte verständnisvoll und umarmte ihn zum Abschied. »Danke noch mal, dass du auf Nora aufgepasst hast. Ich bin froh, einen so tollen Bruder wie dich zu haben, auf den ich mich immer verlassen kann.«

»Du würdest das Gleiche für mich tun.«

Er rief Kurt zu sich, legte ihm die Leine an und verabschiedete sich von den Kindern.

Draußen atmete er tief durch und hielt sein Gesicht in die Sonne, die schon bald untergehen würde. Zufrieden lächelte er vor sich hin.

Doris hatte recht. Er war verliebt. Einerseits fühlte er sich ganz leicht und beschwingt, andererseits aber auch verwirrt und ein wenig Angst hatte er auch, wenn er ehrlich war. Es war lange her, dass eine Frau solche Gefühle in ihm wachgerufen hatte, und er konnte sich nicht mehr genau erinnern, wie sich das anfühlte.

Zu Hause schenkte er sich ein großzügiges Glas Rotwein ein, während Kurt sofort einen Großteil der Couch für sich beanspruchte und laut vor sich hinschnarchte. Typisch. Anton grinste.

Die rote Flüssigkeit brannte ein wenig in seinem leeren Magen. Aber im Moment war er zu faul, um sich etwas zu kochen. Irgendwie wusste er nichts mit sich anzufangen. Anton beschloss jedoch, den Fernseher auszulassen und stattdessen ein wenig Musik aufzulegen. *Rhapsody in Blue* gefolgt von *As Time goes By* war jetzt genau das Richtige.

Dankbar strich er über den alten Plattenspieler, den er von seiner Mutter geerbt hatte.

Gerade als die ersten Töne erklangen und Anton noch einmal von seinem Wein nippte, klingelte es an der Tür. Kurt ließ sich davon wenig beeindrucken und schlummerte selig weiter. Ein Wachhund war er eindeutig keiner.

Seufzend ging Anton zur Tür. Eigentlich hatte er sich auf einen entspannten Abend gefreut, an dem er in Ruhe über alles nachdenken konnte. Aber vielleicht war das viele Denken in Sachen Liebe auch fehl am Platz. Kam es hier nicht viel mehr auf die Gefühle an?

Kaum hatte er die Klinke nach unten gedrückt, stockte ihm der Atem. Ihr Lächeln war umwerfend. Mit diesem überraschenden Besuch hatte er überhaupt nicht gerechnet. »Thea, was machst du denn hier?«

♫ The Way You Look Tonight ♫

Tony Bennett

Einen Moment lang stand Thea verlegen da und wusste nicht, was sie sagen sollte. Sie schluckte. Hitze stieg in ihre Wangen. Doch schließlich riss sie sich zusammen, streckte ihm ihre linke Hand mit dem Kleiderbügel hin und schenkte Anton ein zauberhaftes Lächeln.

»Ich bringe dir dein Jackett.«

»Möchtest du vielleicht hereinkommen? Ich habe mir gerade eine Flasche Wein aufgemacht.«

Sein Adamsapfel hüpfte und erfreut stellte Thea fest, dass Anton genauso aufgeregt wie sie zu sein schien.

Sie nickte. »Ja, sehr gerne.«

Ihr Herz klopfte wie verrückt, als sie Anton in seine Wohnung folgte. Er nahm ihr den Mantel ab und hängte ihn an die Garderobe. Wie auf Kommando kam Kurt auf Thea zugerast.

»Typisch. Wenn eine schöne Frau zu Besuch kommt, erwachst sogar du aus deinem Dornröschenschlaf, was?«

Anton tätschelte seinem Hund den Kopf. Auch von Thea bekam Kurt eine kurze Streicheleinheit. Dann standen sie einander gegenüber und keiner von beiden wusste, was er sagen sollte. Sie versuchte, den Ausdruck in seinen dunklen Augen zu deuten.

»Du siehst gut aus.« Sein Blick streifte ihr Dekolleté.

»Danke, du auch.« Ihre Stimme klang ungewohnt heiser.

Eine gefühlte Ewigkeit hatte sie zu Hause über das richtige Outfit gebrütet, bevor sie sich für die enge, blaue Lieblingsjeans entschieden hatte, die ihren Po perfekt in Szene setzte. Dazu trug sie einen schwarzen Strickpullover mit großem Ausschnitt, der ihre Rundungen zur Geltung brachte und ihre überflüssigen Pfunde ein wenig kaschierte.

Anton fasste sie an der Hand und zog sie mit sich ins Wohnzimmer. Thea bemerkte, dass seine Hände ein wenig zitterten, als er ihr etwas von dem Wein einschenkte und ihr anschließend das Glas reichte.

»Es war eine gute Idee von dir, mir das Jackett zurückzubringen.«

Ein amüsiertes Lächeln spielte um seine Lippen. Er setzte sich auf das gemütliche Sofa und Thea tat es ihm gleich.

»Nein, Kurt. Du nicht. Ab in dein Körbchen mit dir.«

Sie musste schmunzeln, als sein Hund sich tatsächlich auf seinen Platz verzog. Normalerweise schien er nicht besonders folgsam, auch wenn sie Kurt sofort in ihr Herz geschlossen hatte.

Ihr fiel auf, wie Anton sie immer wieder über den Rand seines Glases musterte. Sein Blick wanderte zu ihren Augen, dann ein Stück tiefer.

Thea sog scharf die Luft ein. Die Schmetterlinge in ihrem Bauch drehten fröhlich eine Runde nach der anderen.

»Dir ist aber schon klar, dass ich nicht nur wegen des Jacketts hier bin, oder?«

»Ach nein? Warum bist du dann hier?« Er lachte heiser und es klang unheimlich anziehend.

Behutsam streckte sie ihre Hand nach der seinen aus und fuhr mit ihrem Daumen über seine schlanken Finger. »Ich wollte dich sehen. Unser Spaziergang mittags war viel zu schnell vorbei.«

»Findest du?« Anton lächelte sie herausfordernd an. Sein Blick senkte sich auf ihren Mund.

Ihre Brust hob sich in einem tiefen Atemzug. Thea blinzelte. Anton umschloss sie mit seinen kräftigen Armen und berührte mit seinen Lippen ihren Mund. Zuerst ganz zärtlich, dann fordernd.

Aus Theas Kehle drang ein wohliges Seufzen und Hitze sammelte sich in ihrer Mitte, als sie seine Hände unter ihrem Pullover spürte.

»Komm mit in mein Bett«, raunte er und Thea ließ sich nicht lange bitten.

Schnell knipste Anton die kleine Lampe auf seiner Kommode an, damit sie einander anschauen konnten. Leise drang die Jazzmusik aus dem Wohnzimmer unter der Tür hindurch. Viel zu deutlich spürte sie ihre Kleidung auf der Haut.

Anton schien ihre Gedanken lesen zu können, denn mit geschickten Fingern schälte er sie eilig aus ihrem Pulli und der Jeans. Ungeduldig knöpfte Thea Antons Hemd auf und er ließ seine Hose zu Boden gleiten.

In einer leidenschaftlichen Umarmung fielen sie auf Antons Bett. Er liebkoste ihre nackten Brüste, hauchte ihr zärtliche Worte ins Ohr und jagte ihr damit lustvolle Schauer über den ganzen Körper.

Seine Hände erkundeten jeden Zentimeter ihrer nackten Haut. Ihr Puls raste und sie genoss mit klopfendem Herzen die lustvollen Empfindungen, die er in ihr auslöste. Ihr Atem kam stoßweise und sie fühlte das Knistern zwischen ihnen bis in ihre Zehenspitzen.

Thea wollte mehr! Sie wollte Anton.

Sie schlang ihre Beine um seine Hüften und zog ihn zu sich heran. Anton verschloss ihr mit einem Kuss den Mund und drang in sie ein. Thea spürte, wie die Lust sich ihren Weg bahnte, durch sie hindurchströmte und sie mit sich riss. Sein schneller Atem verriet ihr, dass er ebenfalls kurz vor dem Höhepunkt war.

Ein heftiger Orgasmus pulsierte durch ihren Körper. In diesem Moment fühlte Thea sich so glücklich und frei wie lange nicht mehr. Sie ließ los, ließ sich fallen und fast fühlte es sich an, als könnte sie fliegen.

Thea zuckte zusammen, als sie ein heiseres, tiefes Räuspern neben sich hörte. Sie blinzelte und erkannte Anton, der vergnügt vor sich hinlächelte und mit seinen Fingern sanft über die empfindliche Stelle in ihrem Nacken streichelte. Thea musste für einen Moment eingenickt sein.

Anton umarmte sie fest, als sie tief einatmete.

»Ich habe nicht damit gerechnet, dass du gleich dermaßen über mich herfallen würdest«, neckte er sie.

Grinsend setzte Thea sich auf und stemmte in gespielter Empörung die Hände in die Hüften. »Und wer konnte bei der ersten Begegnung die Augen nicht von meinen Brüsten lassen?«

»Hey, immerhin habe ich dich ritterlich aus den Rosen gerettet. Es war nicht meine Schuld, dass dabei dein Pullover kaputt gegangen ist.«

»Aber es kam dir nicht ungelegen, gib es zu.« Thea warf ein Kissen nach ihm.

»Stimmt.« Anton lächelte frech und zuckte lässig die Schultern.

Er umschloss sie mit seinen starken Armen und zog sie zurück aufs Bett. Unwillkürlich kuschelte sie sich fester an ihn. Thea spürte seinen Atem in ihrem Nacken und seufzte wohlig.

»Und?«, wollte er wissen.

»Und was?« Zärtlich fuhr Thea mit ihrer Fingerspitze über die Innenseite seines Handgelenks.

»Erzählst du mir jetzt endlich, was dir an jenem Abend passiert ist?«

Entschlossen setzte sie sich erneut auf. Für einen kurzen Moment ließ sie ihren Blick durch Antons Schlafzimmer schweifen.

Es war sehr schlicht eingerichtet. Außer dem großen Bett standen dort nur eine Kommode und ein Kleiderschrank aus Kiefernholz.

Schließlich sah sie ihm direkt in die Augen. »Ich habe Angst, dass du schlecht über mich denkst, wenn ich es dir erzähle.«

Anton runzelte verwirrt die Stirn. »Ist es denn so schlimm?«

Thea zuckte die Schultern. »Ich weiß es nicht. Vermutlich kommt es auf die Sichtweise an.«

Lächelnd ließ er sein Kinn auf ihre Schulter sinken und küsste die weiche Haut unter ihrem Ohr. »Und dir ist wichtig, wie ich über dich denke?«

Hitze stieg in ihre Wangen. »Ja, irgendwie schon. Ich dachte …« Verlegen wandte sie ihren Blick ab.

»Was dachtest du?« Vorsichtig umfasste er ihr Kinn und hob es an, sodass sie ihn wieder ansehen musste.

»Ich habe gehofft, dass das etwas werden könnte. Das mit uns. Also etwas Ernstes.« Am liebsten hätte sie die Hände über dem Kopf zusammengeschlagen. Was stammelte sie da nur zusammen?

Anton lächelte sie aufmunternd an und ihr Herz schlug ein paar Takte schneller. »Das hoffe ich auch. Ich würde gerne mehr über dich erfahren, Thea, dich besser kennenlernen.«

Kurz schloss Thea die Augen und umklammerte seine Hand. Sie atmete tief durch und zwang sich zu einem Lächeln.

»Das Haus mit dem Rosenbusch gehört meinem Ex-Mann. An dem Abend, als du mich aus dieser misslichen Lage befreit hast, habe ich mit ihm geschlafen. Eigentlich war unser Verhältnis nach der Scheidung immer angespannt. Aber unserer Tochter zu Liebe haben wir uns zusammengerissen. Doch an diesem Tag war irgendwie alles anders. Ich kann dir nicht erklären, warum es so war. Es war ein dummer Fehler und ich habe nicht nachgedacht. Plötzlich kam überraschend seine Frau nach Hause und ich bin über den Balkon geflüchtet. Und den Rest der Geschichte kennst du ja.«

Antons Augen wurden schmal und Theas Magen verkrampfte sich. Was musste er von ihr denken? Nachdenklich rieb er sich über das Kinn, als müsse er diese Erkenntnis erst verarbeiten.

Thea versuchte, den Ausdruck in seinem Gesicht zu deuten, fand aber keine Antwort. Als sie schon glaubte, er würde gar nichts mehr sagen, drang leise seine Stimme an ihr Ohr.

»Hast du noch Gefühle für ihn?«

»Was?« Entgeistert starrte sie ihn an, ganz so, als hätte sie den Sinn seiner Frage nicht verstanden.

»Ich will wissen, ob du noch Gefühle für deinen Ex-Mann hast?« Sein fragender Blick bohrte sich in ihren.

Theas Gedanken überschlugen sich. Irgendwie lief das hier in eine ganz verkehrte Richtung. Sie hatte Angst, einen Fehler zu machen, etwas Falsches zu sagen. Energisch schüttelte sie den Kopf.

»Nein, das zwischen Gustav und mir ist lange vorbei. Dieser eine Abend war ein Ausrutscher.«

Seine Stirn lag in nachdenklichen Falten. Doch schließlich verschwand der seltsame Ausdruck langsam aus seinem Blick. Stattdessen schlich sich eine Mischung aus Sehnsucht und Verletzlichkeit in seine Augen und Theas Herzschlag geriet aus dem Takt. Sämtliche Muskeln in ihrem Körper verspannten sich.

Eigentlich konnte es Thea egal sein, was Anton über sie dachte. Schließlich war sie ihm keine Rechenschaft schuldig. Doch das war es nicht. Sie empfand mehr für Anton, als sie zugeben wollte.

»Ist alles in Ordnung?«, fragte sie sanft.

Er starrte sie eine gefühlte Ewigkeit an, dann umfasste er ihre Wange und senkte seine Lippen auf ihre.

»Ich will mich nur nicht in eine Frau verlieben, deren Herz einem anderen gehört.«

»Das tut es nicht«, versicherte sie ihm und fuhr mit ihrer Hand durch Antons dichtes dunkles Haar.

♫ ♫ ♫

Wohlig streckte sich Thea am nächsten Morgen in Antons Bett und gähnte. Es duftete herrlich nach gebratenen Eiern mit Speck und frischem Kaffee.

Ein glückliches Lächeln huschte über ihr Gesicht. Die Nacht mit Anton war unglaublich schön gewesen. Nach dem unangenehmen Gespräch über Gustav hatten sie sich noch einmal geliebt.

Für einen Moment kam ihr Antons Frage wieder in den Sinn. Hatte sie noch Gefühle für ihren Ex-Mann? Sie horchte aufmerksam in sich hinein. Nein, da war nichts mehr. Gustav war ein Teil ihres Lebens und würde es auf eine Art und Weise auch immer bleiben, schließlich war er der Vater ihrer Tochter. Doch ihr Herz schlug eindeutig für Anton und ihr künftiges Jazzcafé.

Gutgelaunt sprang Thea aus dem Bett und summte *As Time goes By* vor sich hin, während sie ihre Kleidungsstücke zusammensuchte, die überall auf dem Boden verteilt lagen, und tänzelte zu Anton in die Küche.

»Das duftet herrlich. Kann ich noch schnell unter die Dusche springen?«

Anton drehte sich zu ihr um und nickte. »Du kannst meine Seife nehmen. Im Badezimmerschrank habe ich auch noch eine Zahnbürste und frische Handtücher.« Er hauchte ihr einen Kuss auf den Scheitel, bevor er sich wieder der Pfanne zuwandte.

In Antons Badezimmerspiegel blickte ihr eine fröhliche Frau entgegen, die wie ein verliebter Teenager grinste.

Thea genoss das warme Wasser auf ihrer Haut und den Duft von Antons Seife. Wieder fühlte sie dieses leise Kribbeln im Bauch und ihr Unterleib zog sich sehnsuchtsvoll zusammen, als sie wieder an die letzte gemeinsame Nacht dachte.

In Theas Leben hatte es bisher nicht viele Männer gegeben und ihr war durchaus bewusst, dass Anton ein echter Glücksgriff war. Zumindest sagte das ihr Bauchgefühl. Eigentlich kannte sie ihn ja kaum. Doch das wollte sie unbedingt ändern und endlich mehr über ihn und sein Leben erfahren.

Eilig trocknete sie sich ab und versuchte vergeblich, mit ihren Fingern das Vogelnest an ihrem Hinterkopf zu lösen.

Ausnahmsweise war Thea ihr Äußeres heute Morgen völlig egal. Sie wollte einfach nur mit Anton frühstücken.

Auf dem Weg zur Küche wurde sie freudig von Kurt begrüßt.

»Guten Morgen, mein Hübscher. Na, hast du auch schon ausgeschlafen?« Zärtlich wuschelte sie ihm durchs Fell und ignorierte die Sabberflecken, die Antons Hund auf ihrer Jeans hinterlassen hatte.

»Mein Hund ist ganz verrückt nach dir.«

»Nur dein Hund?«

Anton lachte und zwinkerte ihr zu, als sie sich an den Tisch setzte und er Kaffee für sie beide einschenkte. »Du hast uns beide ganz schön um den Finger gewickelt.«

Kurt ließ sich auf Theas Füßen nieder und kuschelte sich unter den Tisch.

»Wie lange hast du Kurt eigentlich schon?« Genüsslich trank Thea einen Schluck aus ihrer Tasse.

»Vier Jahre und drei Monate. Meine Ex-Frau hat Kurt damals angeschleppt. Eigentlich dachte ich immer, dass ich kein Hundemensch wäre. Aber Katja hat schnell das Interesse an ihm verloren und er hat mein Herz im Sturm erobert. Nach unserer Scheidung habe ich sozusagen das Sorgerecht für ihn bekommen.« Ein schmerzerfüllter Ausdruck schlich sich in seine Augen.

»Das war bestimmt nicht leicht für dich.«

Anton wandte den Blick ab und schüttelte den Kopf.

»Nein das war es nicht. Schließlich arbeite ich Vollzeit. Aber Doris hat mir viel geholfen. Das tut sie immer noch. Kurt ist oft bei ihr und den Kindern, wenn ich arbeite. Außerdem macht er ziemlich viel Dreck. Überall liegen seine Haare und Bernhardiner sabbern unglaublich viel. Aber ich würde ihn nie hergeben wollen. Ich rechne es dir übrigens hoch an, dass du dich noch nie über ihn beschwert hast.«

Verständnisvoll nickte Thea und stützte ihren Kopf auf einer Hand ab. »Ich mag Kurt und ich glaube, man kann ihm nur sehr schwer böse sein. Aber eigentlich habe ich deine Scheidung gemeint. Das war bestimmt nicht leicht.«

Antons Lächeln verrutschte. »Ist lange her«, murmelte er kaum hörbar.

Verstohlen warf Thea einen Seitenblick zu Anton. Da hatte sie eindeutig das falsche Thema erwischt. Mit einem Mal fühlte sie sich schrecklich unsicher. Die Stimmung zwischen ihnen hatte sich verändert und Thea fragte sich, was sie falsch gemacht hatte. Ihre Wangen fingen an zu glühen.

Offenbar spürte Anton ihren Blick, denn er sah sie direkt an und schenkt ihr ein vorsichtiges Lächeln. »Entschuldige, ich wollte dich nicht vor den Kopf stoßen. Aber ich will nicht darüber reden.«

Thea fühlte, wie unangenehm die Situation für ihn war und wechselte das Thema. »In den nächsten Wochen gibt es im Café viel zu tun. Da werden wir uns nicht so oft sehen können.« Sie holte tief Luft. »Vielleicht hast du ja Lust, uns ein wenig zu unterstützen. Deine Tante und ein paar Freunde von mir sind auch dabei. Sicherlich haben wir eine Menge Spaß.«

Anton hielt ihrem Blick stand, während er einen großzügigen Schluck Kaffee trank. »Tagsüber bin ich meistens im Büro. Aber möglicherweise kann ich mir den ein oder anderen Tag freischaufeln.«

Thea schnitt eine Grimasse. »Ich weiß nicht einmal, was du beruflich machst. Ich habe die Nacht mit dir verbracht und weiß eigentlich so gut wie überhaupt nichts über dich.«

»Ich arbeite als Architekt und glaub mir, das klingt spannender, als es ist. Aber versteh mich bitte nicht falsch. Ich liebe meinen Beruf.«

»Fühlst du dich überhaupt bereit für eine neue Beziehung?« Kaum waren die Worte aus ihrem Mund gepurzelt, bereute Thea sie schon. Eigentlich hatte sie nur nach seinen Hobbies fragen wollen.

Anton schob seinen Stuhl zurück und stand auf, um sich noch einmal Kaffee nachzuschenken. »Beziehung klingt nach einem ziemlich großen Wort. Können wir das zwischen uns nicht einfach ein wenig langsamer angehen lassen?«

Irgendwie schien der unsichtbare Graben zwischen ihnen mit einem Mal viel breiter.

Beinahe hätte sie laut nach Luft geschnappt. Sie bemühte sich, ihre innere rebellische Stimme zum Schweigen zu bringen, die von Anton viel mehr Offenheit fordern wollte. Schließlich hatten sie miteinander geschlafen!

Das Glücksgefühl von vorhin war verschwunden. Ein fader Geschmack stieg ihr die Kehle hoch. Thea schluckte und stand ebenfalls auf.

»Ich sollte langsam mal los. Es wartet viel Arbeit auf mich.« Ihre Stimme klang wackelig.

Anton ließ seinen Kopf auf ihre Schulter sinken und strich mit seiner Nasenspitze zärtlich über die weiche Haut oberhalb ihrer Schläfe.

»Bis bald«, flüsterte er.

Doch auch diese zärtliche Geste konnte nicht verhindern, dass es sich für Thea anfühlte, als würde eine Hand ihr Herz umklammern und unerbittlich zudrücken. Konnte sie ihrem Herzen überhaupt noch vertrauen? Sie zwang sich zu einem Lächeln und verabschiedete sich.

Thea hatte Angst. Sie wollte nicht wieder verletzt werden. Diese Erkenntnis legte sich wie ein Schatten auf ihre Schultern. Die nächsten Tage würde sie sich erst einmal in die Arbeit stürzen. Alles andere musste sie wohl oder übel auf sich zukommen lassen.

♫ What A Difference A Day Makes ♫

Dinah Washington

Anton hätte sich selbst ohrfeigen können! Er war so ein Idiot! Warum nur hatte er Thea so dermaßen vor den Kopf gestoßen? Insgeheim kannte er die Antwort. Doch diesen lästigen Gedanken schob er schnell beiseite.

Die Nacht mit Thea hatte er in vollen Zügen genossen. Doch die Glückseligkeit, die er danach verspürt hatte, war schlagartig wie weggeblasen. Stattdessen herrschte ein heilloses Durcheinander in seinem Kopf. Kurz zog es heftig, gleich unterhalb seines Herzens.

Für einen Moment schloss er die Augen und umklammerte die Tasse, die er immer noch in der Hand hielt. Sein Kaffee war inzwischen kalt geworden.

Anton rief sich noch einmal jeden einzelnen Moment mit ihr ins Gedächtnis und dabei wurde ihm sofort klar, was ihm die Stimmung verdorben hatte. Vielleicht hätte er nicht nachbohren sollen wegen der Sache mit dem Rosenbusch. Er hätte mit so etwas rechnen müssen. Anton biss sich auf die Zunge und fühlte sich wie vom Blitz getroffen. Ein ekelhafter, metallischer Geschmack machte sich in seinem Mund breit.

Es wurde höchste Zeit, dass er endlich ehrlich mit sich selbst war. Anton hatte Angst. Er hatte riesige Angst davor, sich zu verlieben und dabei verletzt zu werden. Hatte Thea ihm tatsächlich die Wahrheit gesagt, als sie ihm versicherte, dass sie für ihren Ex-Mann nichts mehr empfand? Sein Magen verkrampfte sich und Anton schluckte schwer. Er war sich nicht sicher. Seine Unsicherheit und seine Angst, einen Fehler zu machen, hatten ihn heute Morgen daran gehindert, Thea ohne Vorbehalte zu begegnen.

Wie gerne hätte er ihr erzählt, wie schlimm ihn die Geschichte mit Katja damals getroffen hatte und wie schwer es ihm fiel, sich wieder auf jemanden einzulassen. Doch er konnte nicht. Irgendetwas hatte ihn zurückgehalten. Niemals würde er den verletzten Ausdruck in ihrem Gesicht vergessen, als sie sich von ihm verabschiedet hatte.

Resigniert ließ er sich auf einen der Stühle sinken und schlürfte an dem Kaffee, der nicht nur längst kalt geworden war, sondern mit einem Mal schrecklich bitter schmeckte, und starrte in Richtung Fenster.

Auf dem Tisch stand immer noch das benutzte Geschirr vom gemeinsamen Frühstück. Doch das ignorierte Anton gekonnt.

Sein Puls raste deutlich schneller, als die unliebsamen Erinnerungen wieder aufflackerten.

Sämtliche Männer im Büro hatten scharf die Luft eingesogen, als Katja zum ersten Mal dort aufgetaucht war. Sie war die persönliche Assistentin eines wichtigen Kunden und zuerst hatte Anton ihr kaum Aufmerksamkeit geschenkt. Das lag aber keinesfalls daran, dass er sie nicht attraktiv fand. Im Gegenteil. Doch er hatte sich keine Chancen bei ihr ausgerechnet. Eine so schöne und charmante Frau war seiner Meinung nach bestimmt vergeben.

Aber da hatte er sich geirrt. Katja hatte eine angenehme Stimme: leicht, klar und melodisch. Jedes Mal, wenn er sie reden hörte, spürte er ein sanftes Kribbeln in seinem Bauch. Anfangs bemerkte er nicht, wie gerne sie im Mittelpunkt eines Gespräches stand und Anton fühlte sich geschmeichelt, dass sie immer wieder bewusst seine Nähe suchte.

Ihre dunkelbraunen Haare reichten ihr fast bis zur Taille und dunkle, lange Wimpern umrahmten ihre großen, graublauen Augen, die ihn immer herausfordernd ansahen. Die Grübchen neben ihrem Kinn und das freche Lächeln ließen sie jünger wirken, als sie in Wirklichkeit war. Letztendlich war Katja diejenige gewesen, die ihn um das erste Date gebeten hatte.

Zuerst hatten sie Pasta beim Italiener geschlemmt und anschließend hatten sie einen gemeinsamen Spaziergang genossen, bei dem sie sich auch gleich nähergekommen waren. Die tiefsinnigen Gespräche, die sie am Anfang ihrer Beziehung geführt hatten, faszinierten Anton, genau wie dieser Hauch von Verletzlichkeit, der Katja stets zu umgeben schien. Es dauerte nicht lange und Anton war bis über beide Ohren in sie verliebt.

Doris und sein Freund Benedikt hatten fassungslos den Kopf geschüttelt, als er innerhalb eines Jahres verkündet hatte, Katja einen Heiratsantrag zu machen. Auch Tante Annegret hatte sich wenig begeistert von seiner Beziehung zu Katja gezeigt. Vermutlich hatte sie sie von Anfang an durchschaut. Doch Anton ließ sich nicht beirren. Er kaufte das Haus, das Katja haben wollte, und legte ihr die Welt zu Füßen. Katja, die in eher ärmlichen Verhältnissen aufgewachsen war, pflegte keinen Kontakt zu ihren Eltern und so hatte Anton die beiden niemals kennengelernt. Seine eigene Mutter war an Krebs gestorben, als er sechzehn Jahre alt gewesen war, sein Vater ein Jahr bevor Katja in sein Leben getreten war.

Er hatte für Katja ein liebevolles Zuhause schaffen und eine Familie mit ihr gründen wollen. Viel zu spät hatte er erkannt, dass Katja ein verwöhntes Luxusweibchen war, das sich nur für Geld und schöne Dinge interessierte. Gutmütig, wie er war, hatte er ihr den ersten Seitensprung verziehen. Es sei ein einmaliger Ausrutscher gewesen, hatte sie ihm versichert.

Doch genau wie Annegret es prophezeit hatte, betrog Katja ihn immer wieder. Zwischendurch benahm sie sich jedoch so weich und menschlich, dass Anton erneut schwach wurde und es ihm schwerfiel, einen Groll gegen sie zu hegen. Entgegen aller Vernunft blieb er weiter mit ihr verheiratet.

Doch es kam immer häufiger zu unschönen Wortgefechten und Anton konnte sich schließlich endlich dazu durchringen, sich von ihr zu trennen. Dieser Schritt war ihm alles andere als leichtgefallen. So oft hatte er gehofft, dass sich zwischen ihnen etwas ändern würde. Sogar eine Paartherapie hatte er vorgeschlagen. Doch dann kam der Tag, an dem er sich hatte eingestehen müssen, dass ihre Ehe zu Ende war und er sich schon viel zu lange von ihr auf der Nase herumtanzen ließ.

In einer Nacht-und-Nebel-Aktion zog er aus. Das Einzige, das er hatte mitnehmen wollen, war Kurt gewesen. Das Haus hingegen hatte er bereitwillig Katja überlassen. Für einen Rosenkrieg fehlte ihm die Kraft, obwohl seine Schwester immer wieder auf ihn eingeredet hatte, dass er sich das nicht gefallen lassen dürfe. Von Benedikt hatte er erfahren, dass sie das Haus mittlerweile verkauft hatte und mit einem wohlhabenden Italiener in dessen Villa in Florenz residierte. Doch das war Anton gleichgültig.

Es gab Tage, an denen er sich für seine Schwäche verflucht hatte und für seine Unfähigkeit, seiner Frau die Meinung zu sagen. Doch das war vorbei. Irgendwie hatte er gehofft, seine Liebe würde für sie beide reichen. Was für ein Irrtum.

Gedankenverloren trat er nun zur Terrassentür, öffnete sie und sog die frische Luft tief in seine Lunge. Es war an der

Zeit, die Vergangenheit loszulassen, auch wenn es nicht einfach war.

Er zuckte zusammen, als er Kurts feuchte Hundeschnauze in seiner Hand spürte und strich ihm zärtlich über das Fell. Nachdenklich fischte er sein Handy aus der Hosentasche und strich mit seinem Daumen über das Display. Für einen Moment dachte er darüber nach, Thea einfach anzurufen und ihr alles zu erklären. Doch er traute sich nicht.

»Vielleicht machen wir Menschen einfach alles zu kompliziert und sollten das Schicksal viel öfter herausfordern. Was meinst du, Kurt?«

Sein Hund schaute ihn mit großen Augen an. Anton schnappte sich die Leine von der Kommode.

»Na los, wir beide drehen eine Runde an der frischen Luft. Ich brauche dringend einen klaren Kopf.«

♫ Get Happy ♫

Rebecca Ferguson

»Männer!« Frustriert donnerte Thea ihre halbleere Kaffeetasse auf den Tisch und seufzte.

Entschlossen griff Sofia nach der Flasche Grappa, die im Regal hinter ihnen stand und goss einen großzügigen Schluck davon in Theas Kaffee.

»Igitt! Was soll das denn jetzt werden?«

Entsetzt starrte Thea ihre Freundin an, die nur lässig die Schultern zuckte und grinste.

»Espresso Speciale. So nennt meine Großmutter diese Kreation. Ihrer Meinung nach braucht es bei Liebeskummer und anderen schwerwiegenden Problemen mehr als nur Kaffee.«

Kritisch beäugte Thea das Getränk vor ihr. Allein bei dem Geruch zog sich ihr Magen zusammen. »Und das soll helfen?«

Sofia lachte. »Nonna schwört darauf.«

Vorsichtig nippte Thea an dem Gebräu und zog eine Grimasse. »Sag bloß, du trinkst das Zeug regelmäßig?«

Ihre Freundin schüttelte belustigt den Kopf. »Ganz bestimmt nicht. Nonna gönnt sich ihren Spezialkaffee in regelmäßigen Abständen. Vor allem dann, wenn ihr neuer Lover sie wieder einmal zur Weißglut treibt. Und glaub mir, dass kommt gar nicht so selten vor. Komm, ich mach dir einen neuen Kaffee. Mit viel Milchschaum?«

Thea nickte. Die Kombination aus Sofias Gesellschaft und ein wenig Koffein im Blut ließ die Welt gleich ein kleines bisschen heller erscheinen.

Die Italienerin stellte eine große Tasse mit Milchkaffe vor Thea auf den Tisch und einen Teller mit Gebäck. »Cornetti mit Schokoladenfüllung«, erklärte Sofia und setzte sich zu Thea. Aufmunternd drückte sie ihren Arm.

»Du findest also, dass ich das mit Anton zu eng sehe?«

»Das habe ich so nicht gesagt. Aber ich glaube, dass wir selbst uns das Leben oft unnötig schwer machen. Oft interpretieren wir in Worte oder Gesten etwas hinein, was gar nicht stimmt. Anstatt ein offenes Gespräch zu suchen, ziehen wir uns zurück, grübeln zu viel und ziehen voreilige Schlüsse, die sich im Nachhinein oft als völlig falsch herausstellen.«

»Wir haben miteinander geschlafen. Ist es denn so verkehrt, dass ich mehr über ihn erfahren will?« Thea bemühte sich erst gar nicht, die Gereiztheit in ihrer Stimme zu unterdrücken.

Sofia lächelte warm und strahlte Verständnis und Gelassenheit aus. »Natürlich ist das in Ordnung. Was hat er denn genau gesagt?«

Theas legte die Stirn nachdenklich in Falten. »Er will es langsamer angehen lassen.«

»Vielleicht braucht er einfach Zeit.«

Ganz überzeugt war Thea nicht. »Er geht mit mir ins Bett und will es dann langsamer angehen lassen. Das passt doch nicht zusammen. Ich kenne Anton doch kaum. Wie soll ich sein Verhalten einschätzen können? Irgendwie ist das alles kompliziert. Auf der einen Seite fühle ich mich offen und bereit für eine neue Beziehung, andererseits habe ich fruchtbare Angst. Was ist, wenn ich wieder so verletzt werde?«

»Vielleicht geht es ihm genauso? Wer weiß? In der Liebe gibt es keine Garantie, Thea. Außerdem ist niemand frei von Fehlern. Schau, du hast mit deinem Ex-Mann geschlafen, obwohl du weißt, dass er wieder verheiratet ist.«

Theas Magen verkrampfte sich. Ihre Freundin hatte einen wunden Punkt getroffen. »Vermutlich hast du recht. Trotzdem …Ich kann mir aus seinem Verhalten einfach keinen Reim machen. In der letzten Nacht waren wir einander so nahe und heute Morgen war er wie ausgewechselt.«

»Und, was hast du jetzt vor?«

Thea löffelte den letzten Rest von ihrem Milchschaum aus der Tasse, biss in das Cornetti und starrte aus dem Fenster. Draußen drangen die ersten Sonnenstrahlen durch den zuvor wolkenverhangenen Himmel. Sie seufzte.

»Ich werde erst mal abwarten. Mehr lässt mein Stolz im Augenblick nicht zu. Dann werde ich weitersehen. In den nächsten Wochen habe ich sowieso genug um die Ohren.

Benedikt und ich wollen in einem Monat schon eröffnen und dem Café vorher einen völlig neuen Look verpassen.«

Stumm lächelte sie vor sich hin. Der Gedanke an das Jazzcafé erfüllte ihr Herz mit unbändiger Freude.

»Ich finde es großartig, was ihr da auf die Beine stellt. Aber ich hoffe, dir ist klar, dass es nicht immer einfach sein wird. Ich liebe das *Biasinis* und könnte mir nichts anderes vorstellen, als zu kochen und unsere Gäste zu bedienen. Aber es ist oft auch sehr stressig und gerade die Anfangszeit war finanziell alles andere als leicht.«

Thea nickte. »Da ich offiziell nur die Geschäftsführerin bin, habe ich in dieser Hinsicht kein Risiko. Aber ich habe deinen Rat nicht vergessen und werde mir Tipps von deinem Mann holen. Keine Angst, ich sehe nicht alles durch eine rosarote Brille.«

»Da bin ich froh. Benedikt mag ein sympathischer Mensch sein. Aber er ist auch ein Geschäftsmann, der Gewinne sehen will. Stellt ihr jemanden ein oder hast du vor, den Laden allein zu schmeißen? Unterschätze die Arbeit nicht, Thea.«

»Eine Freundin von Jule wird mich im Service unterstützen. Annegret übernimmt vorerst die Küche. Du weißt ja, wie gerne und lecker sie kocht. Wir haben uns dazu entschlossen, uns auf wenige Dinge zu konzentrieren: ein leckeres Frühstück, zwei unterschiedliche Gerichte in der Mittagszeit und frische Waffeln für zwischendurch. Vielleicht könnte Annegret auch den ein oder anderen Kuchen backen. An den Abenden haben wir nur ein- oder zweimal pro Woche geöffnet. Dann gibt es Livemusik und die Möglichkeit zu tanzen. Wenn es gut läuft, werden wir unser Angebot erweitern.«

»Das klingt, als hättet ihr euch gründlich Gedanken gemacht. Euer Konzept könnte funktionieren. Ich drücke euch auf jeden Fall die Daumen. Wenn ich mir ein wenig Zeit freischaufeln kann, unterstütze ich euch gerne bei der Renovierung. Sag mal, hat Gustav sich eigentlich noch mal bei dir gemeldet?« Sofias fragender Blick bohrte sich in Theas.

Von der letzten Begegnung mit ihrem Ex-Mann hatte sie ihrer Freundin noch gar nichts erzählt. Thea umklammerte mit den Fingern ihre Tasse und bemühte sich um eine neutrale Miene.

»Vor Kurzem war er bei mir zu Hause und hat mir verkündet, dass er Natascha meinetwegen verlassen will.«

»Das hat er nicht!« Fassungslos schlug Sofia die Hände über dem Kopf zusammen.

»Seit unserem Techtelmechtel ist Gustav der Überzeugung, dass ich seine große Liebe bin.« Thea zuckte kaum mit der Wimper. »Natascha will außerdem unbedingt ein Kind mit ihm haben.« Sie konnte ein amüsiertes Kichern nicht unterdrücken.

Beinahe hätte Sofia laut nach Luft geschnappt. Sie schnitt eine Grimasse. »Das glaub ich alles nicht!« Wie so oft wedelte sie aufgeregt mit den Händen. »Aber du lässt dich auf keinen Fall wieder mit ihm ein, oder?«

Energisch schüttelte Thea den Kopf. »Nein. Ich habe dir doch von meinen Gefühlen für Anton erzählt.«

»Sorry, meine Süße. Aber bei deinem chaotischen Liebesleben fällt der Durchblick echt schwer. Hast du Gustav das auch ganz klar gesagt? Dass er keine Chance mehr hat?«

Genervt verdrehte Thea die Augen. »Jetzt klingst du schon wie Annegret.«

»Ich meine ja nur. Männer brauchen schon eine klare Ansage. Zwischen den Zeilen lesen ist nicht so ihr Ding. Glaub mir, ich weiß, wovon ich rede.«

Genüsslich biss Thea noch einmal in das Hörnchen, das nach viel Butter und leckerer Schokolade schmeckte. »Ich denke nicht, dass Gustav sich meinetwegen falsche Hoffnungen macht.«

Sofias Blick wanderte zu der riesigen Küchenuhr, die direkt neben der Tür hing. »Es tut mir leid, Thea. Aber ich muss mich langsam wirklich an die Arbeit machen. Es wartet noch ein riesiger Berg Nudelteig auf mich, der verarbeitet werden will. Außerdem kommt Nonna bestimmt gleich mit den Einkäufen vom Markt zurück.«

Thea trank ihren Kaffee aus, stand auf und umarmte ihre Freundin herzlich. »Dann mach ich mich mal lieber auf den Heimweg. Eine Gardinenpredigt deiner Oma über meine Vorliebe für Milchkaffee und mein desaströses Liebesleben erspare ich mir heute lieber. Danke fürs Zuhören.«

Sofia zwinkerte ihr verschwörerisch zu. »Immer gerne. Ich schau nächste Woche bei dir im Café vorbei.«

Schließlich zog Thea die Tür hinter sich zu und trat hinaus ins Freie. Sie gönnte sich einen tiefen Atemzug, bevor sie durch die Innenstadt schlenderte.

Einen Schritt nach dem anderen. Zuerst würde sie sich auf die Eröffnung des Cafés konzentrieren und dann versuchen, die Sache mit Anton zu klären.

♫ Love Is Here To Stay ♫

Billie Holiday

Eine Woche später ...

Thea trat einen Schritt zurück, um ihr Werk vom vorigen Tag zu begutachten. Für einen Moment ließ sie ihre Arme kreisen. Ihre Schultern schmerzten immer noch von der vielen Pinselei.

Ein vorfreudiges Kribbeln überkam sie, als ihr bewusst wurde, dass es schon bald so weit war, und die Eröffnung des Jazzcafés vor der Türe stand.

»Sieht gut aus«, meinte Benedikt, der sich neben sie gestellt hatte und die Arme verschränkte. »Ich hatte ehrlich gesagt meine Zweifel, als du unbedingt darauf bestanden hast, die untere Hälfte der Wände in dem kräftigen Türkis zu streichen.«

Zufrieden nickte Thea. »Mir gefällt es auch richtig gut. Jetzt fehlen nur noch die schwarz-weißen Fotografien von Ella Fitzgerald und Co. Hast du schon etwas von deinem Bekannten gehört?«

Benedikt stopfte die Hände in seine Hosentasche. »Jep. Er meinte, er würde sie voraussichtlich morgen liefern. Vielleicht könntest du dann hier sein. Da muss ich einen geschäftlichen Termin wahrnehmen und kann noch nicht genau sagen, bis wann ich wieder zurück sein werde.«

»Klar, das ist kein Problem.« Sie hatte sich die ganze Zeit über bemüht, die Frage zurückzudrängen, die eigentlich in ihr brodelte. Doch nun konnte sie sich nicht länger zusammenreißen. »Hast du Anton die letzten Tage gesehen?«

Thea unterdrückte ein peinlich berührtes Zusammenzucken und hätte sich selbst ohrfeigen können. Was musste sie auch seinen besten Freund danach fragen! Schließlich waren sie nicht mehr im Kindergarten.

Benedikt räusperte sich und musterte sie vorsichtig aus den Augenwinkeln. »Gestern haben wir zusammen ein Bier getrunken.«

»Hat er irgendetwas zu dir gesagt? Also über ihn und mich?« Ein hoffnungsvolles Lächeln huschte über ihr Gesicht.

Es herrschte kurzes Schweigen und beide standen sie verlegen nebeneinander. Nur Billie Holidays *Love is here to stay* dudelte im Hintergrund vor sich hin.

Er machte den Eindruck, als müsse er sich seine Antwort gut überlegen, und warf ihr einen vielsagenden Blick zu. »Es lief wohl nicht so gut zwischen euch, oder?«

Betreten blickte Thea zu Boden und schüttelte den Kopf. Türkise Farbspritzer klebten in ihrem Haar und auch unter ihren Fingernägeln hielt sich die intensive Wandfarbe hartnäckig.

Thea schnitt eine Grimasse. »Es ist kompliziert. Anton macht alles kompliziert.« Sie war sich nicht ganz sicher, ob die letzte Bemerkung eine gute Idee gewesen war. Schließlich redete sie hier mit seinem besten Freund.

Benedikt beugte sich vor und drückte aufmunternd ihren Arm. »Das wird schon. Gib ihm einfach ein wenig Zeit.«

Thea runzelte die Stirn. Sie konnte nicht einschätzen, ob Benedikt es ernst damit meinte oder es nur eine abgedroschene Höflichkeitsphrase war, damit sie sich ein wenig besser fühlte.

»Ja, vielleicht hast du Recht«, sagte sie deshalb nur.

»Ich dachte, unsere Band könnte am Abend der Eröffnung spielen. Was meinst du?«

Das aufrichtige Strahlen in seinem Gesicht rührte sie. »Das wäre der Hammer.« Wie gerne wollte sie seine Begeisterung teilen, doch sie traute ihrem Bauchgefühl nicht über den Weg. »Was ist mit Anton?«

»Was soll mit ihm sein?«

»Er spielt doch auch in der Band.«

Benedikts fragender Blick bohrte sich in ihren. »Ja, und?«

Nervös knetete Thea ihre Hände. »Er hat dir doch bestimmt erzählt, wie es zwischen uns gelaufen ist. Wir haben seitdem nicht miteinander gesprochen. Denkst du, er wird trotzdem mit euch hier auftreten?«

Er musterte Thea aufmerksam. »Mit Sicherheit wird er das. Ich glaube, du hast ein völlig falsches Bild von ihm. Aber wir sollten langsam weitermachen, wenn wir nicht unter

Zeitdruck geraten wollen. Der Ofen funktioniert übrigens laut dem Elektriker wieder einwandfrei.«

»Super. Ich mach mich auch wieder an die Arbeit und knöpfe mir den Fußboden vor. Der hat trotz Vorsichtsmaßnahmen einige Spritzer abbekommen.« Thea seufzte. Es gab noch einiges zu tun.

Benedikt trank einen Schluck von der kalorienreduzierten Cola, die er die ganze Zeit in der linken Hand gehalten hatte. »Ich widme mich mal unserer Kaffeemaschine. Die muss dringend gründlich gereinigt werden.« Er nickte Thea kurz zu und machte sich an die Arbeit.

Energisch schrubbte Thea den Boden, viel gründlicher, als es notwendig gewesen war. So kreisten ihre Gedanken wenigstens nicht immer um Anton, sondern konzentrierten sich auf die Gegenwart. Leise summte sie vor sich hin.

Plötzlich spürte Thea eine Hand auf ihrer Schulter.

»Mama, alles in Ordnung?«

Sie drehte sich um und blickte in Jules fragendes Gesicht. Theas Knie knackten laut, als sie hastig aufstand und sie zog eine Grimasse.

Jule hauchte ihrer Mutter einen Kuss auf die Wange. »Ich habe dich schon dreimal angesprochen. Aber du bist so vertieft in deine Arbeit, dass du mich gar nicht gehört hast.«

»Schön, dass du da bist. Es tut mir leid, ich habe dich tatsächlich nicht bemerkt. Was gibt´s?«

Jule deutete hinter sich. »Wir sind alle gekommen, um dir zu helfen. Jetzt warten wir nur noch auf deine Anweisungen.« Verschwörerisch zwinkerte sie ihrer Mutter zu.

Ein aufrichtiges Strahlen malte sich auf Theas Gesicht, als sie erkannte, wie viele helfende Hände ihr nun zur Seite standen. Sofia und ihre Nonna hatten heute im *Biasinis* ihren Ruhetag und waren gekommen, um ihr bei den Vorbereitungen zu helfen. Thea war gerührt. Betty, die Lebensgefährtin von Conny, war mit von der Partie und natürlich fehlte auch Annegret nicht, die bereits mit ihrer italienischen Freundin über mögliche Kuchenangebote fachsimpelte.

Die Anwesenheit ihrer Lieblingsfrauen hatte eine sichtlich wohltuende Wirkung auf Thea. Ihre Schultern entspannten sich und mit einem Mal fühlte sie sich nicht mehr allein. Ein Gefühl der Dankbarkeit durchströmte sie. Auch wenn ihr Liebesleben in der letzten Zeit äußerst kompliziert gewesen war, so hatte sie doch tolle Freundinnen, auf die sie zählen konnte.

»Mädels, ich bin so froh, dass ihr alle da seid und mich und Benedikt unterstützen wollt. Das bedeutet mir viel.« Thea begrüßte jede von ihnen mit einer innigen Umarmung und verteilte die Aufgaben.

Annegret und Nonna machten sich daran, die Küche auf Hochglanz zu polieren, Sofia putzte die Fenster und Betty, Jule und Thea schleppten gemeinsam mit Benedikt die neuen Tische und Stühle ins Café, die sie in der Zwischenzeit im Lager untergebracht hatten.

Skeptisch runzelte Thea die Stirn. »Ich glaube, wir sollten mit dem Anordnen der Tische noch warten, bis die Bühne fertig ist. Dann kann ich besser entscheiden, wie ich die Plätze verteilen möchte.« Ihr Blick glitt über das provisorische Podest und sie war nicht sonderlich zufrieden. »Da muss dringend etwas gemacht werden, Benedikt. So will ich das nicht lassen.«

Benedikt kratzte sich nachdenklich am Hinterkopf. »Ja, da hast du recht. Der komplette Boden der Bühne sollte ausgetauscht werden. Für die Bandprobe hat es gereicht. Aber wenn hier künftig öfter eine Band spielen soll, muss es unbedingt professioneller aussehen. Allerdings bin ich handwerklich nicht sonderlich begabt. Auf die Schnelle einen guten Handwerker zu kriegen, ist nicht einfach und ein wenig Kosten sparen sollten wir auch.« Er seufzte. »Daran hätten wir früher denken müssen. Vielleicht könnten wir einen guten Freund von mir fragen. Der hat das passende Werkzeug und kann gut Dinge reparieren.«

»Dabei denkst du nicht zufällig an Anton?«, wollte Thea wissen. Nie und nimmer würde sie zugeben, dass sie genau das hoffte. Sie wollte ihn unbedingt wiedersehen. Doch gleichzeitig fürchtete sie sich davor.

Benedikt grinste und wirkte überhaupt nicht verlegen.

Zwei Stunden später drehte Thea sich um, als sie spürte, wie ihr jemand mit dem Finger auf die Schulter tippte: Annegret. Sie schmunzelte, als sie sich über die verschwitzte Stirn strich. Neben ihr hatte sich Nonna positioniert, deren silberfarbenen Strähnen wild aus ihrem sonst so akkurat sitzenden Dutt gelöst hatten.

»Wir dachten, eine kleine Kaffeepause wäre nicht schlecht.« Erwartungsvoll blickten die beiden Damen Thea an.

Thea strich sich eine hartnäckige Strähne aus dem Gesicht, die ihr immer wieder in die Stirn fiel. »Gute Idee. Die haben wir uns verdient.«

Kurze Zeit später saßen die Frauen an der Theke und Thea bereitete Milchkaffee, Espresso und Cappuccino zu, bevor sie sich neben ihrer Tochter auf einen der Barhocker plumpsen ließ.

Benedikt hatte sich für einen Moment entschuldigt. Angeblich musste er dringend etwas erledigen. Inständig hoffte Thea, dass ihr Bauchgefühl sie täuschte und er nicht Anton wegen der Bühne ins Café jagte.

»Und was meinst du, Nonna? Haben wir eine Chance mit unserem Jazzcafé?« fragte sie, um sich selbst auf andere Gedanken zu bringen.

Sofias Großmutter ließ sich von ihrem Hocker gleiten, stemmte die Hände in die Hüften und ließ ihren prüfenden Blick durch den Raum schweifen. »Das kann ich dir erst sagen, wenn alles fertig ist und ich eure Speisekarte gesehen habe. Theoretisch könnte es klappen, wenn man sämtliche Katastrophen außer Acht lässt, die auf dich zukommen können.«

Entsetzt starrte Thea die Italienerin an. Sofia boxte ihrer Großmutter gegen den Arm und verdrehte in gespielter Verachtung die Augen. »Nun hör schon auf, Thea Angst zu machen.«

Nonna zupfte ihren Dutt zurecht und lachte. »Scusi, Thea. Nix für ungut. Du kennst mich doch. Ich finde es großartig, wenn jemand den Mut hat, seine Träume zu verwirklichen. Allein das zählt. Und ich bin zuversichtlich, dass euer Café großen Anklang finden wird. Außerdem bin ich selbst ein großer Jazzfan. Ich liebe Musik von Dinah Washington.«

Betty prostete Thea mit ihrem Espresso zu. »Bestimmt kommt das Jazzcafé gut an. Mein Bruder kommt demnächst aus den Staaten zurück. Er ist ganz gespannt und will unbedingt zur Eröffnungsparty kommen. Lukas spielt ebenfalls hobbymäßig Trompete in einer Band in Amerika. Vielleicht gäbe es hier auch eine Möglichkeit für ihn.«

Begeistert klatschte Jule in die Hände. »Ja, möglicherweise kann er auch bei Benedikt und Anton mitspielen. Du wirst sehen, Mama. Das Café wird der Renner.«

Die Frauen plauderten noch eine Weile miteinander und Thea freute sich riesig über deren Engagement.

Ihr Blick wanderte hinüber zu den großen Fenstern. Die ersten Sonnenstrahlen des heutigen Tages blinzelten ihr entgegen. Was für eine Wohltat nach der trüben Suppe in der letzten Woche.

Ein aufgeregtes Kribbeln durchflutete ihren Körper. Thea spürte, dass ihr Leben langsam die richtige Richtung fand.

♫ I Can´t Give You Anything but Love ♫

Dean Martin

Wenige Minuten nachdem sie Antons Wohnung verlassen hatten, diskutierten die beiden auf dem Gehsteig weiter. Benedikt legte den Kopf schräg und verdrehte die Augen.

»Ich verstehe dein Problem nicht. Kannst du denn nicht endlich mitkommen und uns mit der Bühne helfen, ohne dass du mir die ganze Zeit einen unnötigen Vortrag darüber hältst, warum du eigentlich keine Zeit hast?«

Der Blick, den Anton seinem Freund zuwarf, war eindringlich und schwer zu deuten. »Ich habe dir doch gesagt, dass ich arbeite.« Mittlerweile klang Anton genauso hitzig wie Benedikt.

»Aber du arbeitest heute ausschließlich von zu Hause aus. Da kannst du deinen Kram auch später fertig machen.« Benedikt bemühte sich um einen resoluten Tonfall, doch als er die dunklen Schatten unter den Augen seines Freundes bemerkte, wurde seine Miene etwas weicher. »Es ist wegen Thea, oder?«, hakte er vorsichtig nach.

Anton schluckte schwer und nickte. Dieses Thema war ihm sichtlich unangenehm. »Du weißt, dass es mit uns nicht gut gelaufen ist. Ich habe mich ihr gegenüber total dämlich verhalten. Aber bisher konnte ich mich auch nicht überwinden, mit ihr zu reden und ihr alles zu erklären. Keine

Ahnung, was mit mir los ist. Es ist doch komisch, wenn ich dort einfach so auftauche. Findest du nicht?«

»Ich sage es zwar nur ungern, mein Bester, aber es wundert mich nicht im Geringsten, dass du Probleme mit den Frauen hast. Du denkst viel zu kompliziert.«

Antons bester Freund klang ganz und gar nicht so, als wären ihm diese Worte besonders schwer über die Lippen gekommen. »Thea hat mich übrigens nach dir gefragt.«

Überrascht sah Anton ihn an. »Was hat sie denn gesagt?«

»Sie wollte wissen, ob ich dich in den letzten Tagen gesehen habe.«

»Und was hast du gesagt?«

Genervt verdrehte Benedikt die Augen. »Rede doch einfach selbst mit ihr. Wenn ich mich nicht täusche, bist du ihr alles andere als egal.«

Anton rieb sich mit der Hand über seinen Dreitagebart und versuchte, die Erkenntnis zu verarbeiten. Verlegen schob er seine Finger in die Gesäßtaschen seiner Jeans. Er wusste selbst, dass er sich seltsam verhielt und genierte sich vor seinem Freund.

»Ich kann verstehen, dass du Angst hast, Anton. Jeder hat vor irgendetwas Angst. Aber wenn du dich von all diesen Ängsten und unangenehmen Gefühlen beherrschen lässt, verpasst du das Leben.« Benedikt räusperte sich, bevor er weitersprach: »Du hast dich jetzt lange genug selbst bemitleidet. Es ist an der Zeit für einen neuen Anfang. Vielleicht kommt Thea darin vor, vielleicht nicht. Wer weiß das schon? Mach dein Glück nicht von anderen Menschen abhängig.«

Ein Lächeln huschte über Antons Lippen. »Wer hätte gedacht, dass du so tiefsinnig sein kannst?«

Lässig zuckte Benedikt seine Schultern. »Ich dachte, es hilft dir, wenn ich diese Seite von mir auspacke.« Sein Lachen klang trocken. »Aber ich meine es tatsächlich so, wie ich es gesagt habe.«

Anton nickte und seufzte. »Das weiß ich. Ich werde mir deine Worte zu Herzen nehmen.«

Grinsend stupste Benedikt ihn an und deutete Richtung Stadt. »Also was ist jetzt?« Er zeigte auf den Werkzeugkasten in Antons Hand. »Kommst du endlich mit?«

»Bleibt mir ja nichts anderes übrig.«

Anton lachte und schlenderte mit Benedikt in die Stadt, Richtung Jazzcafé. Dabei wummerte sein Herz stetig vor sich hin und wie so oft, wenn er an Thea dachte, spürte er dieses leichte Kribbeln in der Bauchgegend. Mit einem Mal fühlte er sich wie ein Teenager.

Er war seinem Freund dankbar, dass er nichts weiter sagte, sondern still neben ihm herging. So konnte Anton seinen Gedanken nachhängen und sich das Hirn darüber zermartern, wie er Thea später gegenübertreten sollte. Immer wieder überlegte er, was er sagen könnte. Wahrscheinlich hatte Benedikt recht und er dachte viel zu kompliziert.

»Da wären wir also.«

Sehr beruhigt klang er nicht. Anton atmete tief durch. Benedikt hingegen zuckte kaum mit der Wimper.

Neugierig blickte Anton in das große Fenster und konnte erkennen, dass Thea mit Tante Annegret und ein paar anderen Frauen an der Theke saß und Kaffee trank. Ihm wurde ein wenig flau im Magen. Beinahe hätte er laut nach Luft geschnappt. Doch da hatte Benedikt ihn schon am Arm gepackt und in das Café geschleift.

»Hey Ladies, ich habe euch jemanden mitgebracht!«

Die Frauen drehten sich überrascht um und Antons Herz schlug sofort um ein paar Takte schneller, als Thea ihn eindringlich ansah.

»Hallo miteinander.« Peinlich berührt stellte er seinen Werkzeugkasten auf den Boden und vergrub die Hände in den Hosentaschen, wie er es oft tat, wenn er verlegen war.

Die anderen begrüßten ihn herzlich und eine der Frauen stellte sich als Theas Tochter vor. Nur sie selbst saß immer noch wie angewurzelt auf ihrem Stuhl und rührte sich keinen Millimeter.

»Anton hilft uns mit der Bühne«, erklärte Benedikt. »Das ist doch nett von ihm oder, Thea?«

Entsetzt warf Anton ihm einen bösen Blick zu. »Lass das doch«, zischte er Benedikt zu.

Doch zu seiner Überraschung kletterte Thea tatsächlich von ihrem Stuhl und nickte ihm zu. »Hallo, Anton. Danke, dass du gekommen bist. Benedikt wird dir alles zeigen und erklären, wie wir es haben wollen.«

Ihre wilden Locken hatte sie zu einem nachlässigen Pferdeschwanz gebunden und die türkisfarbenen Spritzer verrieten, dass sie heute Morgen schon gestrichen hatte. Bestimmt war sie schon eine gefühlte Ewigkeit auf den Beinen. Schließlich ging sie hinüber zu Sofia, die wieder mit den Fenstern beschäftigt war und ging ihr zur Hand.

Tante Annegret war ihr gefolgt. Missbilligend schnalzte sie mit der Zunge. »Du solltest vielleicht bei den Männern ein wenig mit anpacken. Wenn ihr euch beeilt, schafft ihr es vielleicht noch in den Baumarkt und könnt neue Bretter für den Bühnenboden besorgen.«

Anton blieb nicht verborgen, wie sehr sich Thea über Annegrets Einwand ärgerte und es innerlich in ihr brodelte. Schon war Thea auf seine Tante zu gerauscht und bohrte ihren Zeigefinger in deren weiße Bluse.

»Hör bloß auf, zwischen uns vermitteln zu wollen. Dieses Thema hatten wir die letzten Tage wohl oft genug«, flüsterte sie so leise, dass nur Anton und Annegret es hören konnten.

»Anton und ich sind erwachsen und lösen unsere Probleme schon selbst.«

Seine Tante ließ sich davon wenig beeindrucken. »Wer´s glaubt!« Ihr entschlüpfte ein amüsiertes Kichern und Anton verdrehte die Augen. »Ich schiebe jetzt den Kirschkuchen in den Ofen, den ich mitgebracht habe. Schließlich müssen wir testen, ob er tatsächlich funktioniert.«

Gemeinsam mit Nonna verzog sich Tante Annegret in die Küche.

Betty und Theas Tochter hatten sich in der Zwischenzeit verabschiedet. Im Café gab es für sie gerade nichts zu tun und Conny brauchte dringend Unterstützung im Buchladen. Benedikt hatte sich diskret zurückgezogen und tat so, als würde er bereits die Bühne abbauen. Anton lächelte. Von handwerklichen Dingen hatte sein Freund nicht viel Ahnung. Sofia, Theas Freundin, putzte die Fenster nun von außen und Thea und Anton waren für einen Moment ungestört.

»Können wir in Ruhe reden? Ich meine nicht jetzt. Aber vielleicht bald?« Er starrte sie eine Ewigkeit lang an, dann strich er mit seinen Fingern behutsam über ihre Wange.

Die unterschiedlichsten Gefühle spiegelten sich in ihren Augen wider. Schließlich nickte sie und biss sich auf die Lippen. »Ja, sicher. Warum nicht?«

Anton hatte den Eindruck, dass sie nicht so selbstsicher klang, wie sie gerne wollte.

»So. Unser Kuchen ist im Ofen.« Begeistert klatschte Tante Annegret in die Hände. »Wie sieht es bei euch aus?« Ihre Miene wurde skeptisch, als sie Richtung Benedikt blickte. »Ihr habt ja noch nicht mal angefangen.« Sie bemühte sich gar nicht erst, den Vorwurf in ihrer Stimme zu verbergen.

Hitze stieg in Antons Wangen. »Wir waren gerade dabei, anzufangen.«

Er zwinkerte Thea zu und gemeinsam hatten sie die alte Bühne schnell abgebaut. Theas körperliche Kraft und ihr handwerkliches Geschick überraschten ihn. Jetzt würden sie es tatsächlich noch in den Baumarkt schaffen und wenn alles glatt lief, konnten sie vielleicht abends noch die neue Bühne aufbauen.

Als sein Blick Theas suchte, fiel ihm auf, wie müde sie mit einem Mal wirkte.

»Wie lange bist du heute schon auf den Beinen?«

Erschöpft zuckte sie die Schultern. »Ich bin seit sechs Uhr morgens hier. Die unteren Wände mussten noch gestrichen werden.«

»Was hältst du davon, wenn du nach Hause fährst und dich ein wenig ausruhst? Es ist niemandem damit geholfen, wenn du in den nächsten Tagen zusammenklappst.«

Tante Annegret strich ihr über den Rücken. »Ich finde, das ist eine gute Idee. Wir räumen hier noch ein wenig auf und später bringe ich dir ein Stück Kirschkuchen vorbei.«

»Ist das in Ordnung?« Thea wandte sich Benedikt zu. »Nächste Woche wollen wir eröffnen und es gibt doch noch so viel zu tun.« Müde rieb sie sich über die Stirn.

»Ruh dich aus, Thea. Wir machen das hier fertig und Anton und ich besorgen die Sachen aus dem Baumarkt. Die Bühne können wir in den nächsten Tagen fertig machen. So viel ist es doch nicht mehr. Wir haben schon einiges geschafft.«

Dankbar sah sie in die Runde. »Dann würde ich mich tatsächlich gerne ausruhen. Die letzten Tage waren wirklich sehr anstrengend.« Wie zufällig berührten ihre Finger Antons Arm. »Bis bald«, flüsterte sie ihm leise zu und verabschiedete sich von den anderen.

♫ I´d Rather Go Blind ♫

Etta James

Geistesabwesend setzte Thea draußen einen Fuß auf das Kopfsteinpflaster. Nachdenklich drehte sie sich noch einmal um und schaute durch das große Fenster in ihr zukünftiges Café. Irgendwie fühlte sich die Verwirklichung ihres Jugendtraumes ein wenig seltsam und angsteinflößend an. Würde sie das alles gut meistern?

Für einen kurzen Moment dachte sie an Gustav. Selbstzweifel war für Gustav schon immer ein Fremdwort gewesen und Unsicherheit in Bezug auf sich selbst kannte er auch nicht. Manchmal war ihr sein großes Selbstbewusstsein ganz schön auf den Geist gegangen. Doch gleichzeitig hatte sie diese Eigenschaft an ihm bewundert.

Sie war da anders, machte sich ständig Gedanken über alles Mögliche und zermarterte sich das Gehirn nach einer Lösung, während Gustav darauf vertraute, dass sich die Dinge zu seinen Gunsten fügen würden.

Die anderen waren noch damit beschäftigt, drinnen Ordnung zu schaffen. Vielleicht konnte sie schon morgen die Stühle und Tische an ihren Platz stellen und dekorieren. Aus der Entfernung konnte sie Anton beobachten, wie er gemeinsam mit Benedikt die alten Bühnenbretter in den Hinterhof hinaustrug. Offenbar spürte er ihren Blick auf seinem Rücken, denn er drehte sich zu ihr um, erwiderte ihr Lächeln und winkte ihr zu.

Bevor sie weiterging, schaute sie kurz auf ihr Handy. Jule hatte ihr eine Nachricht geschrieben:

Ich habe heute Morgen bei Papa und Natascha einen Kaffee getrunken und meine Schlüssel dort liegen lassen. Kannst du mir bitte einen Ersatzschlüssel unter die Fußmatte legen? Ich weiß noch nicht, wann ich nach Hause komme. Xxx, Jule

Verwundert ließ Thea das Telefon zurück in ihre Tasche gleiten. Jule hatte ihr gar nicht erzählt, dass sie heute schon bei Gustav gewesen war. Aber ihre Tochter war erwachsen und ihr keine Rechenschaft schuldig.

Nachdem sie ein paar Schritte gegangen war, blieb sie schließlich auf der Steinernen Brücke stehen, legte den Kopf in den Nacken und reckte ihre Nase der Abendsonne entgegen. Heute war es ein wirklich wunderschöner Spätherbsttag gewesen.

Sie ließ ihren Blick über das Wasser schweifen. Thea liebte ihre Heimatstadt Regensburg und konnte sich nicht vorstellen, irgendwo anders zu wohnen. Besonders diese Brücke hatte es ihr angetan. Hier konnte sie immer für einen Moment innehalten und nachdenken. Der Anblick der Donau beruhigte sie stets. Selbst die Menschenströme an manchen Tagen störten sie nicht. Hier war sie auch Anton über den Weg gelaufen und hatte überall das Sexspielzeug von Annegrets heimlichen Geschäftszweig auf dem Gehweg verteilt. Schmunzelnd schüttelte sie den Kopf. Das war eines der Dinge, die sie immer noch nicht glauben konnte. Manche Menschen waren einfach immer wieder für eine Überraschung gut.

Ihre Gedanken wanderten zu Anton und Kurt. Sie war gespannt darauf, was er ihr zu sagen hatte. Ihre Schultern taten immer noch weh und sie war unendlich erschöpft und müde. Gleichzeitig fühlte sich Thea lebendig wie lange nicht mehr. Was die Zukunft wohl für sie bereithielt? Das konnte ihr niemand mit Sicherheit sagen. Das Leben blieb spannend.

Sie atmete tief durch und machte sich schließlich auf den Weg. Im Gehen reckte sie ihre Faust gegen den Himmel, als feiere sie gerade einen ganz besonderen Moment.

Thea freute sich auf eine Dusche oder noch besser auf ein ausgiebiges Bad mit dem köstlichen Rosenöl, das sie sich gerne für besondere Anlässe aufsparte. In das geräumige, gemütliche Badezimmer hatte sie sich damals bei der Wohnungsbesichtigung auf Anhieb verliebt. Die große Wanne stand frei auf kleinen Metallfüßchen, die Fliesen waren hell und durch das große Fenster, das zum Garten gerichtet war, drang viel Tageslicht herein. Thea würde sich eine Duftkerze anzünden und beim Baden Musik hören oder ein Buch lesen.

Ein wohliger Seufzer entfuhr ihr, als sie den Schlüssel ins Schloss steckte und die Tür aufsperrte. Sie stakste die Treppen nach oben, die zu ihrer Wohnung führten und hielt einen Moment inne. Leise Musik drang durch die Tür. Irritiert zog sie die Augenbrauen nach oben. War Jule etwa schon zu Hause? Sie hatte doch geschrieben, dass sie ihren Schlüssel vergessen hatte.

Mit einem Ruck öffnete sie die Tür, trat in den Flur und streifte die Schuhe von ihren Füßen. Sie griff sich mit ihren Fingern in die wilden Locken. Vermutlich würde sie Stunden brauchen, bis sie die türkisenen Spritzer ausgewaschen hatte.

»Jule?« rief sie in die Wohnung. »Ich bin schon zu Hause!«

Thea erkannte die Musik. Es handelte sich um ihr Lieblingsalbum von Diana Krall. Ein bekannter Duft waberte ihr entgegen. Es roch herb und eindeutig nach Mann. Das konnte doch nicht sein, oder doch?

Leise tippelte sie Richtung Wohnzimmer und öffnete misstrauisch die Tür. Entsetzt schlug Thea die Hände über den Kopf zusammen und traute ihren Augen kaum.

»Das darf doch jetzt nicht wahr sein! Was zum Teufel tust du hier?«

Auf ihrem weißen Sofa lag ihr Ex-Mann. Splitterfasernackt. Kerzenlicht flackerte in den zahlreichen Teelichtern auf dem Fensterbrett. Gustav strahlte über das ganze Gesicht.

»Überraschung!«

Er stand auf und ging langsam auf Thea zu. Sie konnte den Blick nicht von seinem besten Stück abwenden und musste gegen ihren Willen lachen, als ihr Annegret in den Sinn kam. Schniedelwutzalarm! So würde sie Theas Fiasko bezeichnen. Schnell hielt Thea sich die Hand vor die Augen.

»Könntest du dir bitte etwas anziehen, Gustav?«

»Seit wann genierst du dich denn so? Du hast mich doch schon so oft nackt gesehen.«

Im Hintergrund dudelte Diana Krall unbeeindruckt weiter vor sich hin.

»Mensch, Gustav, zieh dir gefälligst etwas über und erklär mir, was du hier zu suchen hast!«

Thea spähte zwischen ihren Fingern hindurch und erkannte, dass ihr Ex sich wenigstens eine Decke um die Hüften geschlungen hatte. Schließlich machte sie einen Schritt auf ihn zu und bohrte energisch ihren Zeigefinger in seinen nackten Oberkörper.

»Also? Was willst du hier?«

Völlig entspannt ließ Gustav sich wieder auf ihr Sofa sinken und seufzte. »Jule hat heute Morgen ihren Schlüssel bei uns vergessen und ich dachte, ich nutze die Gelegenheit und überrasche dich. Ehrlich gesagt, habe ich gehofft, du freust dich.«

Thea rang um Beherrschung. »Du tauchst hier auf, sitzt im Adamskostüm auf meiner Couch und glaubst allen Ernstes, ich mache einen Luftsprung?« Ungläubig schüttelte sie den Kopf. »Ich fasse es einfach nicht. Stell dir vor, Jule wäre nach Hause gekommen und hätte dich so gesehen. Oder Annegret.«

Lässig zuckte ihr Ex-Mann die Schultern. »Jule hat mir erzählt, dass sie abends noch etwas mit den Mädels aus dem Buchladen trinken geht. Und warum sollte deine Vermieterin hier auftauchen?«

Theas Atem ging stoßweise. Es war zum aus der Haut fahren! »Habe ich mich das letzte Mal nicht klar genug ausgedrückt? Das mit uns beiden ist vorbei, Gustav!«

Doch er zuckte kaum mit der Wimper. »Ich dachte, du willst einfach ein wenig umworben werden.«

Seine arrogante Art stieß ihr sauer auf. Ein fader Geschmack stieg ihr die Kehle hoch. »Du hast sie doch nicht mehr alle! Was ist mit Natascha?«

»Als wir miteinander geschlafen haben, hat dich Natascha auch nicht interessiert.« Nun gab Gustav sich keine Mühe, die Gereiztheit in seiner Stimme zu verbergen.

Thea hatte sein Ego gekränkt, das war ihr klar. »Gustav, bitte geh nach Hause. Das ergibt doch alles keinen Sinn. Es war schön an dem besagten Abend. Das will ich gar nicht leugnen. Aber es gibt kein *wir* mehr. Schon lange nicht mehr. Außerdem bin ich gerade dabei, mich neu zu verlieben.«

Er rührte sich nicht von der Stelle, sondern verschränkte nur die Hände vor seiner Brust.

Nun riss Thea endgültig der Geduldsfaden. Sie schnappte sich Jules Hausschuhe, die ihre Tochter neben dem gemütlichen Schwedenofen hatte liegen lassen und warf sie nach Gustav. »Raus hier!«

♫ Time After Time ♫

Dinah Washington

Nachdem sich die anderen bereits verabschiedet hatten, waren nur noch Anton, Benedikt und Tante Annegret übriggeblieben. Anton schwenkte den Wein in seinem Glas unschlüssig hin und her, bevor er endlich einen großzügigen Schluck daraus trank. Seine Tante musterte ihn aufmerksam.

»Wann schnappst du dir Thea denn endlich?«

Beinahe hätte Anton sich verschluckt. »Bitte was?«

Benedikt lachte laut. »So etwas in der Art habe ich ihn auch schon gefragt.«

Annegret verdrehte die Augen und stemmte die Hände in die Hüfte. »Du weißt genau, wie ich das meine. Thea will dich. Das sieht doch ein Blinder.«

»Jetzt sag bloß nicht, dass du mit ihr über mich geredet hast?«

»Ach, Anton, mein Lieber. Das muss ich gar nicht. Ich habe doch Augen im Kopf.«

Seine Wangen fingen an zu glühen. »Zwischen Thea und mir ist ganz schön viel schiefgelaufen. Offengestanden …« Anton zögerte. Er überlegte, Annegret alles über diesen desaströsen Tag zu erzählen, entschied sich jedoch dagegen.

Vertraulich legte sie ihre Hand auf seinen Arm. »Vermutlich steht es mir überhaupt nicht zu, dir irgendwelche

Ratschläge zu geben. Aber da ich deine Lieblingstante bin, der du vieles nachsiehst, tue ich es trotzdem.«

Benedikt legte ihnen die Schlüssel auf den Tresen. »Tut mir leid, wenn ich euch kurz unterbrechen muss. Aber ich muss los. Bitte sperrt das Café zu, wenn ihr geht. Die Schlüssel werft ihr einfach in den Briefkasten.« Er umarmte Anton zum Abschied. »Das wird schon. Lass dich nicht unterkriegen.«

»Und, was wolltest du mir sagen?« Es kostete Anton einiges an Anstrengung, um nicht allzu neugierig zu klingen.

»Ich habe Thea nichts von deiner Scheidung erzählt. Das steht mir nicht zu. Aber ich finde, dass sie eine tolle Frau ist, und sie wird mit Sicherheit nicht ewig auf dich warten.«

Der letzte Satz ließ ihn aufhorchen. »Willst du damit sagen, dass ich nicht der Einzige bin, der Interesse an ihr hat?«

Alte Liebe rostet nicht, schoss es ihm mit einem Mal durch den Kopf. Er musste an den Moment denken, als Thea ihm von ihrem Ex-Mann erzählt hatte und was geschehen war, bevor er sie aus den Rosensträuchern gerettet hatte. Es war der Augenblick gewesen, der etwas an seiner Haltung ihr gegenüber verändert hatte. Und plötzlich war sie wieder da, diese Angst, die er nicht so recht einordnen konnte. Ein fader Geschmack stieg ihm die Kehle hoch.

»Möglicherweise«, antwortete Tante Annegret und verzog dabei das Gesicht. »Ich werde gleich noch zu meiner Freundin

Concetta gehen. Jule ist übrigens auch unterwegs.« Sie grinste verschmitzt.

»Schon gut.« Anton lachte. »Ich verstehe den Wink. Ich habe sowieso mit dem Gedanken gespielt, später zu Thea zu gehen, um ihr alles zu erklären.«

Die beiden leerten ihren restlichen Wein in einem Zug und Anton spülte die Gläser ab, bevor er sie zurück in das Regal stellte.

Draußen vor dem Café zündete Annegret eine Zigarette an und inhalierte genüsslich den Rauch in ihre Lungen.

»Kannst du dir dieses Laster nicht endlich abgewöhnen?« Genervt verdrehte er die Augen.

»Nö«, entgegnete sie gelassen. »Rauchen entspannt mich. Außerdem rauchen die Schamanen auch. Hast du das gewusst?«

Anton schüttelte den Kopf und hielt sich mit weiteren Bemerkungen zurück. Er wusste zu gut, dass er ansonsten von seiner Tante in eine endlose Diskussion verwickelt wurde und mit seinen Argumenten, auch wenn die im Gegensatz zu Annegrets absolut logisch waren, den Kürzeren zog.

»Mach´s gut, Tantchen.«

»Wer weiß, vielleicht laufen wir uns ja später noch einmal über den Weg. Thea wohnt im gleichen Haus wie ich, falls dir das entfallen ist.«

Lächelnd schüttelte Anton den Kopf. »Du kannst es einfach nicht lassen, oder?«

»Ich weiß nicht, was du meinst, mein Lieber.« Ein amüsiertes Lächeln huschte über ihr Gesicht.

Sie umarmten sich zum Abschied und Anton machte sich auf den Weg zu Thea. Gedanken und Erinnerungen an die erste Begegnung mit ihr spukten ihm durch den Kopf. Jeder Muskel in seinem Körper verspannte sich und das Blut rauschte schneller durch seine Adern, als er es gewohnt war.

Anton war furchtbar nervös. Der Wein brannte ein wenig in seinem leeren Magen. Bis auf das Stück Kirschkuchen, das Tante Annegret gebacken hatte, hatte er heute nichts gegessen.

Er fischte das Handy aus seiner Jackentasche und rief Doris an.

»Hey Schwesterherz, kannst du mir einen Gefallen tun?«

»Hallo, kleiner Bruder. Was brauchst du denn?«

»Könntest du bitte Kurt bei mir zu Hause abholen und ihn mit zu euch nehmen? Ich bin immer noch unterwegs und er ist jetzt schon so lange allein.«

»Klar, das ist überhaupt kein Problem. Nora und Jakob werden sich freuen.«

»Ist es in Ordnung, wenn ich ihn erst morgen wieder abhole?«

»Verbringst du den Abend mit Thea?« Doris kicherte am anderen Ende der Leitung.

Anton seufzte. »Möglicherweise. Also, was ist jetzt?«

»Natürlich kann Kurt über Nacht hierbleiben. Wir haben morgen nichts vor. Du kannst ihn holen, wann immer es dir passt.«

»Ich danke dir. Du bist die Beste.«

»Anton?«

»Was?« Er hoffte inständig, dass seine Schwester ihm nicht auch noch einen Vortrag in Sachen Liebe halten würde.

»Versau es nicht.«

»Vielen Dank für dein Vertrauen, Schwesterherz.«

Kopfschüttelnd legte er auf und ließ das Handy zurück in seine Tasche gleiten.

Was hatten die Menschen in seinem Leben eigentlich für ein Problem? Er war mit Sicherheit nicht der Einzige, der Schwierigkeiten mit seinem Liebesleben hatte. Er war einfach aus der Übung.

Entschlossen beschleunigte er seine Schritte. Vor dem Haus, in dem Thea und seine Tante wohnten, blieb er stehen. Er konnte sehen, dass auf dem Fensterbrett im oberen Stock Kerzenlicht flackerte. Bestimmt hatte Thea es sich nach den letzten anstrengenden Tagen auf der Couch gemütlich gemacht. Vielleicht hätte er eine Flasche Wein mitbringen sollen, statt mit leeren Händen zu kommen. Dann hätte er jetzt wenigstens etwas zum Festhalten gehabt.

Ein wenig unsicher trat er von einem Bein aufs andere. Sein Puls raste. Seine feuchten Hände wischte er sich am Saum seines Mantels ab. Anton atmete noch einmal tief durch, bevor er mutig auf die Klingel drückte. In seinem Bauch kribbelte es vor Aufregung.

Doch Thea rührte sich nicht. Ob sie eingeschlafen war?

Für einen Moment überlegte Anton, an einem anderen Tag wiederzukommen. Nein, jetzt oder nie. Er wollte ihr so Vieles erklären und dann würde ihm vielleicht der Mut dazu fehlen.

Also klingelte er ein weiteres Mal. Dann noch einmal. Erleichtert beobachtete er, wie im Hausgang das Licht anging.

Thea riss die Türe auf. Ihre Augen weiteten sich vor Überraschung und hektische Flecken überzogen ihren Hals und die Wangen. »Anton! Was machst du denn hier?« Nervös drehte sie sich immer wieder um.

»Ich wollte dich sehen und mit dir reden.«

Aufgewühlt fuhr sie mit ihren Händen durch die blonden wilden Locken, die ihr nun in sämtlichen Richtungen vom Kopf abstanden. »Ähm.« Nervös knetete sie ihre Hände.

»Komme ich ungelegen?«

»Es ist gerade ein wenig ungünstig, wenn ich ehrlich bin.«

Da tauchte plötzlich ein großer, attraktiver Mann im Treppenhaus auf. Er trug lediglich eine Decke um seine

Hüften geschlungen, ansonsten war er nackt. »Thea, kommst du?« rief er und musterte Anton mit arrogantem Blick.

Das durfte doch nicht wahr sein! Anton schlug die Hände über dem Kopf zusammen. Was war er doch für ein Idiot!

»Na, du hast dich ja schnell getröstet!«

Thea griff nach seiner Hand. »Anton! Es ist nicht so, wie du gerade denkst. Das musst du mir glauben!«

»Thea?« Die Stimme des anderen Mannes klang ungeduldig.

»Halt die Klappe, Gustav!«, zischte sie wütend.

Der Name kam Anton vage bekannt vor. Natürlich! Der Nackte war ihr Ex-Mann. Von wegen, sie war über ihn hinweg!

»Ich gehe jetzt wohl besser.«

»Lass es mich erklären, Anton!«

Doch er hatte sich bereits umgedreht. »Danke, ich habe genug gesehen. Mir reicht's!«

♫ I´m Through With Love ♫

Lorez Alexandria

Unsägliche Wut kochte in Antons Bauch hoch und Tränen brannten in seinen Augenwinkeln. Das Ziehen in seiner Herzgegend erschien ihm beinahe unerträglich. Schnaubend marschierte er zum Haus seiner Schwester. Was hatte er sich nur dabei gedacht? Warum musste er auch heute Abend zu ihr gehen und ihr alles erklären wollen? Wehmütig erinnerte er sich an die erste Begegnung mit Thea. Er konnte nichts dagegen tun. Immer wieder blitzte das Bild vor ihm auf, wie sie halbnackt vor ihm gestanden und ihn frech angegrinst hatte.

Energisch schüttelte Anton seinen Kopf, ganz so, als könnte er auf diese Weise jeglichen Gedanken an sie aus seinem Gedächtnis vertreiben. Seine Stirn pochte. Vermutlich hätte er damit rechnen müssen, dass sie über ihren Ex noch nicht hinweg war. Es fühlte sich an, als würde eine unsichtbare Hand sein Herz wie einen Schraubstock umklammern und gnadenlos zudrücken. Warum nur war ihm in der Liebe kein Glück vergönnt? Vielleicht war er einfach nicht für eine Beziehung gemacht.

Anton beschloss, sich besser auf seinen Job und auf Kurt zu konzentrieren und Thea zu vergessen, auch wenn sein Herz das genaue Gegenteil forderte. Er nahm einen Umweg und lief noch eine Weile an der Donau entlang. Anton keuchte und bekam kaum Luft.

Schließlich hielt er für einen Moment inne und blickte über das Wasser. Seine Hände vergrub er in seinen Hosentaschen und seine Brust hob sich zu einem tiefen Atemzug. Er spürte, wie sein Puls raste, und lauschte seinem Herzschlag. Die kühle Abendluft tat gut. Mit einem Mal fühlte er sich ruhiger. Der Kloß in seinem Hals brannte nach wie vor, doch die Wut von vorhin war einer Traurigkeit gewichen, die ihn seit der Trennung von Katja begleitete. Er wünschte, seine Vergangenheit einfach ruhen lassen zu können.

Niedergeschlagen schlenderte er weiter. Anton beeilte sich. Auf keinen Fall wollte er jetzt länger mit all seinen trüben Gedanken allein sein. Er sehnte sich nach seinem Hund und einem guten Ratschlag seiner Schwester.

»Hey, was machst du denn schon hier? Mit dir habe ich heute gar nicht mehr gerechnet.« Doris hatte vor Überraschung die Augen geweitet, als sie die Tür geöffnet und Anton vor ihr gestanden hatte.

»Hast du Zeit für ein Glas Wein und zum Reden?« Er zwang sich zu einem Lächeln.

»Klar, komm rein.« Doris zog ihn am Ärmel in den Flur.

»Es ist so still bei euch. Was ist denn los?«

Seine Schwester grinste. »Klaus ist mit den Kindern und Kurt noch zu einer abendlichen Gassirunde unterwegs und danach fallen Nora und Jakob hoffentlich todmüde ins Bett. Sie werden allerdings überhaupt nicht begeistert sein, wenn du Kurt nachher schon wieder mitnehmen willst. Sie haben sich so darauf gefreut, dass er bei ihnen im Zimmer schlafen darf. Jakob hat sich extra eine Matratze ins Zimmer seiner Schwester gelegt.« Sie lächelte warm.

Anton setzte sich auf einen der Stühle, die um den großen Esstisch herumstanden. »Ich kann Kurt auch erst morgen bei euch abholen. Das ist überhaupt kein Problem.«

Er erwähnte nicht, dass er Kurt heute lieber bei sich gehabt hätte. Ihm grauste es vor seiner leeren Wohnung. Doch er wollte seinem Neffen und seiner Nichte die Freude nicht verderben.

Dankbar nahm er das volle Weinglas entgegen, das ihm seine Schwester hinhielt, bevor sie sich ihm gegenüber hinsetzte.

Doris drückte seinen Arm. »Was ist passiert, Anton?«

Er zögerte einen Moment und holte noch einmal tief Luft. Schließlich erzählte er seiner Schwester, was kurz zuvor geschehen war.

Ihre Augen wurden schmal. »Das ist ja ein Ding. So hätte ich Thea überhaupt nicht eingeschätzt. Und du bist sicher, dass es sich nicht um ein Missverständnis handelt?« Doris klang skeptisch.

»Sag mal, auf welcher Seite stehst du überhaupt?«, empörte sich Anton.

»Auf deiner. Das ist doch klar. Trotzdem kann ich mir das alles nur schwer vorstellen. Was ist jetzt dein Plan?«

In gespielter Lässigkeit zuckte Anton die Schultern. »Thea vergessen und das Jazzcafé so gut ich kann meiden.«

»Aber es gehört doch auch Benedikt und wollte nicht eure Band dort zur Eröffnung spielen?«

»Schon möglich«, antwortete Anton gereizt. »Allerdings ohne mich.«

Doris verdrehte die Augen und trank einen großzügigen Schluck aus ihrem Glas. »Ich finde, du verhältst dich total kindisch. Du solltest mir ihr reden. Du neigst irgendwie dazu, dich abzukapseln und unangenehme Dinge von dir wegzuschieben.«

Er ignorierte ihre Bedenken. »Vielleicht halte ich es künftig einfach wie Benedikt und begnüge mich mit kurzweiligen Abenteuern.«

»Dafür bist du überhaupt nicht der Typ, Bruderherz.«

»Wer weiß.« Anton senkte den Blick. »Nicht jeder hat so viel Glück wie du mit Klaus. Schon damals im Sandkasten wart ihr ineinander verknallt, obwohl er dir immer die Schaufel weggenommen hat.«

Aufmunternd drückte Doris seinen Arm. »Bitte versprich mir, dass du nicht wieder in Selbstmitleid ertrinkst, so wie es nach der Trennung von Katja der Fall war.«

Anton hob seinen linken Arm und überkreuzte Zeige- und Mittelfinger. »Ich schwöre. Mann, du musst mich ja für einen totalen Waschlappen halten.« Nun lächelte auch er.

»So ein Blödsinn. Ich mache mir nur Sorgen um dich.«

Anton stand auf und streckte sich. Die Gegenwart seiner Schwester hatte ihm gutgetan. Doch überraschenderweise sehnte er sich jetzt danach, für sich zu sein.

»Sag bloß, du willst schon wieder gehen?« Doris klang ehrlich enttäuscht.

Anton nickte. »Ich muss ein wenig allein sein. Ich brauche Zeit, um meine Gedanken zu ordnen. Vielleicht hast du recht, wenn du sagst, dass ich vor unangenehmen Dingen davonlaufe. Gerade sehne ich mich einfach nach meiner gemütlichen Couch und *Rhapsody in Blue*. Dabei kann ich am besten abschalten.«

Doris drückte ihren Bruder fest zum Abschied. »Pass auf dich auf.«

♫ ♫ ♫

Völlig erschöpft ließ Thea ihre Stirn gegen die Tür sinken. Ihre Kehle brannte und die gute Laune und Zuversicht, die sie am

Nachmittag noch empfunden hatte, waren mit einem Mal verschwunden. Sie fühlte sich wie die Hauptfigur in einem schlechten TV-Drama.

»Wer war dieser Typ?«, wollte Gustav wissen, der Thea zurück in ihre Wohnung gefolgt war.

Für einen Wutausbruch fehlte ihr die Kraft. Sie fühlte sich unendlich leer und müde. Also zuckte sie nur die Schultern und ließ sich zerknirscht auf die Couch sinken.

»Kannst du dir endlich etwas anziehen?«

Thea bemühte sich darum, stinksauer zu klingen, und wollte ihren Ex-Mann am liebsten aus der Wohnung werfen. Doch dazu fühlte sie sich schlicht und ergreifend nicht in der Lage. Kurz zog es heftig, unterhalb ihrer Herzgegend. Sie seufzte und ließ sich noch tiefer in die Kissen sinken.

Zu ihrer eigenen Überraschung war Gustav ziemlich schnell zurück in seine Klamotten geschlüpft und brachte ihr nun eine Tasse Tee ans Sofa.

»Danke«, flüsterte sie und bemerkte, wie die Tränen in ihren Augenwinkeln brannten.

Sie schluckte schwer. Vorsichtig setzte er sich neben Thea und wappnete sich innerlich für einen Wutausbruch ihrerseits. Doch der blieb aus.

»Du magst diesen Kerl, oder?«, hakte er behutsam nach.

»Ja, irgendwie schon.«

Mitfühlend drückte er ihre Hand. »Es tut mir leid, Thea. Ich bin so ein Idiot.«

»Da kann ich dir leider nicht widersprechen.« Sie zwang sich zu einem schiefen Lächeln.

»Glaubst du, das wird wieder?«

»Was meinst du? Das mit Anton und mir? Ich weiß es nicht.« Thea biss sich auf die Unterlippe.

»Ich hätte nicht herkommen sollen.«

»Das hättest du wirklich besser gelassen. Aber es verletzt mich, dass Anton mir nicht einmal die Chance gibt, es zu erklären. Er hat sich mir gegenüber auch nicht gerade fair verhalten. Ich dachte, wir hätten eine echte Chance. Aber jetzt?«

»Vielleicht ist noch nicht alles verloren«, machte er ihr Mut und überraschte sie ein weiteres Mal.

»Was ist denn in dich gefahren? Vorhin wolltest du mich noch vernaschen und davon überzeugen, dass du der einzig wahre für mich bist.«

Beschämt senkte Gustav seinen Blick, bevor er ihn wieder auf Thea richtete. »Ich weiß nicht, was in mich gefahren ist, ehrlich. Als wir an diesem einen Abend miteinander geschlafen haben …« Er zögerte kurz, doch dann redete er entschlossen weiter. »Ich fand es einfach wunderschön und ich wollte nicht, dass dieses Gefühl wieder aufhört. Mit Natascha ist alles so kompliziert geworden.«

Thea hob ihre Augenbrauen und schüttelte den Kopf. »Du erwartest aber jetzt nicht von mir, dass ich dich bemitleide? Damals hast du dich bewusst für sie entschieden. Du hättest es auch anders haben können und das weißt du.«

Unbeweglich starrte er ins Leere. »Manchmal macht man eben Fehler, die man erst im Nachhinein erkennt und dann nicht mehr rückgängig machen kann.«

»Ach, Gustav.« Thea stöhnte. Sie wollte nicht wieder die alte Suppe aufwärmen. »Es spricht nicht gerade für dich, deine Ehefrau als Fehler zu bezeichnen. Du warst doch mal so verliebt in sie.«

»Du hast schon recht. Aber Natascha kann wirklich anstrengend sein.«

Thea verdrehte die Augen. »Das kannst du auch.«

Ihr Ex-Mann lachte. »Wer hätte gedacht, dass wir nach unserer Scheidung jemals in deiner Wohnung sitzen und derart merkwürdige Gespräche führen würden.«

»Es fühlt sich tatsächlich merkwürdig an. Eigentlich sollte ich stinkwütend auf dich sein, weil du mir den Abend und die Sache mit Anton verdorben hast. Aber es gelingt mir nicht.«

»Es tut mir aufrichtig leid, Thea. Ich habe keine Ahnung, was in der letzten Zeit in mich gefahren ist. Vielleicht eine Art Midlifecrisis oder so.«

»Du solltest besser nach Hause gehen und deine Ehe retten.«

Gustav schlug die Hände über dem Kopf zusammen. »Und diesen Ratschlag gibt mir ausgerechnet meine Ex-Frau.«

Thea musterte ihn eindringlich. »Allerdings würde ich an deiner Stelle für mich behalten, was zwischen uns beiden passiert ist. Es war wirklich schön, Gustav. Aber wenn wir ehrlich miteinander sind, hatte es nichts zu bedeuten. Vermutlich ist das nur ein Wunschgedanke von dir, weil es mit Natascha nicht gut läuft. Aber wenn die erste Phase der Verliebtheit abgeklungen ist, kommen in einer Beziehung eben Herausforderungen und davor kann man nicht ständig weglaufen oder sich jemand neuen suchen.«

»Ich wusste gar nicht, dass ich mal mit so einer weisen Frau verheiratet war.« Er grinste verlegen. »Aber es ergibt Sinn, was du sagst. Ich war gerne mit dir verheiratet.«

Sie schenkte ihm ein warmes Lächeln. »Ich war auch gerne mit dir verheiratet, Gustav. Aber jetzt ist es an der Zeit, loszulassen.«

»Bist du eigentlich noch sauer, wegen der Sache mit dem Balkon?«

»Oh ja. Vermutlich werde ich dir das ewig vorwerfen.«

Gustav grinste ein wenig verlegen. »Redest du noch einmal mit diesem Anton?«

»Keine Ahnung. Vermutlich werde ich mich erst einmal auf das Jazzcafé konzentrieren.«

»Jule hat mir schon erzählt, dass du bald eröffnest. Ich wünsche dir viel Erfolg. Das meine ich ganz ehrlich, Thea.«

Sie seufzte. »Ich weiß. Irgendwie wünsche ich mir, wir hätten früher auch schon auf diese Weise miteinander reden können.«

»Das geht mir ähnlich. Was machen wir? Bleiben wir trotz allem in Kontakt?«

Nachdenklich betrachtete Thea ihren Ex-Mann. »Ich weiß nicht, ob unsere gescheiterte Ehe das Potenzial zu einer Freundschaft hat. Darüber muss ich nachdenken, in Ordnung?«

Gustav hauchte ihr einen zärtlichen Kuss auf den Scheitel und erhob sich. »Ich gehe dann mal besser. Und noch mal: Es tut mir leid. Das kann ich nur immer wieder sagen. Jetzt im Nachhinein schäme ich mich richtig, da mir bewusst wird, wie ich mich verhalten habe.«

»Selbsterkenntnis ist der erste Weg zur Besserung.« Ihr Lachen klang herausfordernd.

Gustav nickte. »Mach´s gut, Thea.«

»Du auch.«

Erleichtert beobachtete sie, wie Gustav leise die Tür hinter sich zu zog und atmete auf.

Nicht in hundert Jahren hätte sie damit gerechnet, dass es zwischen ihr und Gustav so laufen würde. Thea konnte immer noch nicht glauben, dass sie wenige Minuten zuvor friedlich neben ihm gesessen hatte, ohne den Wunsch zu verspüren, ihm an die Gurgel zu gehen.

Und als wäre das nicht bereits genug gewesen, hatte sie ihm auch noch kluge Ratschläge für seine Ehe mit auf den Weg gegeben. Aber es hatte sich irgendwie richtig angefühlt.

Nur wenn sie an Anton dachte, wurde ihr wieder schwer ums Herz. Zu gerne hätte sie ihm erklärt, dass es sich nur um ein dummes Missverständnis handelte. Doch es wurmte sie auch ein wenig, dass er ihr gar keine Gelegenheit dazu gegeben hatte.

Aber gut, die verfahrene Situation mit dem fast nackten Gustav musste ja einen falschen Eindruck hinterlassen. Vermutlich hätte sie an Antons Stelle den gleichen Schluss gezogen.

Schließlich hielt sie es nicht länger aus, schnappte sich ihr Handy und wählte seine Nummer. Doch er ging nicht ran. Auch ihre Nachrichten via WhatsApp ignorierte er gekonnt.

Thea öffnete das große Wohnzimmerfenster und sog tief die kühle Luft in ihre Lungen. Sie wollte jetzt auf keinen Fall in Selbstmitleid versinken. Bald schon hatte sie ihr Café und sie hatte gute Freunde und eine großartige Tochter.

Auch wenn sie sich einzureden versuchte, dass das mehr als genug war, sehnte sich ihr dummes Herz einfach nur nach Anton. Thea befürchtete, dass sich daran auch so schnell nichts ändern würde.

♫ It´s a Big Wide Wonderful World ♫

Betty Carter

2 Wochen später …

Aufgeregt warf Thea noch einmal einen Blick in den Spiegel, um Haare und Make-up einer letzten Prüfung zu unterziehen. Ihre blonden Locken umschmeichelten ihre Wangen und waren heute ausnahmsweise zu bändigen gewesen. Thea hatte sich für ein dunkelblaues Etuikleid entschieden, dass ihre Kurven vorteilhaft betonte. Ihr Herz klopfte wie verrückt.

»Du siehst zum Anbeißen aus, Thealein.« Annegret nickte anerkennend und fischte eine Zigarette aus ihrem silberfarbenen Etui.

Sofort schnellte Theas Zeigefinger nach oben. »Kein Qualmen in meiner Wohnung. Das weißt du doch.«

Annegret verdrehte die Augen und steckte die Kippe zurück in ihre Tasche. »Und Anton hat sich bei dir nicht mehr gemeldet?«

Thea zuckte bei dieser Frage kaum mit der Wimper. »Nein. Hat er nicht. Und auf alle meine Anrufe hat er ebenfalls nicht reagiert. Der kann mir gestohlen bleiben«, sagte sie scharf.

»Aber ich habe dir doch erzählt, dass er viel durchgemacht hat.« Annegret musterte sie aufmerksam.

Beinahe hätte Thea nach Luft geschnappt. »Du musst deinen Neffen wirklich nicht verteidigen, Annegret. Andere haben auch miese Beziehungen und schlimme Trennungen hinter sich. Anton hat mir nicht die Chance gelassen, die Sache zu erklären. Stattdessen ist er nicht bereit, die Vergangenheit loszulassen und projiziert alles auf mich. So ist er fein raus.«

Annegret schnitt eine Grimasse. »Ich finde es einfach schade. Ihr wärt ein so schönes Paar gewesen.«

»Er hat uns bei den Vorbereitungen ganz schön hängen lassen. Zum Glück ist Bettys Bruder eingesprungen und hat die neue Bühne aufgebaut. Benedikt hat mir versichert, dass die Band auf jeden Fall spielt, notfalls ohne Anton am Saxophon und jetzt möchte ich nicht mehr über ihn reden.«

»Bist du aufgeregt?«

»Und wie! Mein Puls rast wie verrückt. Ich kann noch gar nicht glauben, dass es heute Abend tatsächlich so weit ist. Es fühlt sich irgendwie nicht real an.« Thea wischte sich die feuchten Hände am Saum ihres Kleides ab und grinste verlegen.

Annegret schloss ihre Arme um Theas Taille und umarmte sie fest. »Es wird großartig werden, du wirst sehen. Ich bin so stolz auf dich und das, was du alles geschafft hast.«

Thea hauchte ihr einen liebevollen Kuss auf die Wange. »Danke, das bedeutet mir viel.«

In diesem Moment kam Jule fröhlich zur Tür hereingerauscht und pfiff anerkennend durch die Zähne. »Wow, du siehst toll aus, Mama!«

Thea drehte sich im Kreis und stolzierte grinsend durch das Wohnzimmer, ganz so, als wäre sie ein Topmodel auf der Fashion Week. »Danke, ich fühl mich auch gut. Bis auf die Aufregung. Ich hoffe, die legt sich, bevor es richtig losgeht.«

»Hast du eigentlich mal wieder mit Papa gesprochen?« fragte ihre Tochter mit seltsamem Unterton in der Stimme.

Nachdenklich schüttelte Thea den Kopf.

Seit jenem Abend, an dem er nackt in ihrer Wohnung gesessen hatte, hatte sie nichts von Gustav gehört und darüber war sie ehrlich gesagt ganz froh.

»Nein. Wir haben uns länger nicht gesehen. Warum fragst du?«

Jule entschlüpfte ein schadenfrohes Kichern. »Natascha ist schwanger.«

Thea und Annegret schlugen sich fast zeitgleich die Hand vor den Mund. »Ist nicht wahr!«

»Doch.«

»Und wie hat er die Botschaft aufgenommen?«

Jule rollte mit den Augen. »Du weißt ja, wie Papa ist. Eigentlich ist er nicht sonderlich begeistert, weil er noch mal von vorne anfangen muss und Natascha ihn sicherlich fordern wird. Aber er bemüht sich und tut ihr zuliebe wohl so, als wäre er hin und weg.«

Für einen Moment blitzte Gustavs Bild vor Thea auf. Manchmal war es schon seltsam, was das Leben einem für Karten in die Hände spielte. Aber jeder konnte sich entscheiden, was er daraus machte, und Thea wollte ab sofort etwas richtig Gutes aus ihrem Leben machen.

»Ich will gleich los, Mädels.«

»Bist du sicher, dass wir nicht sofort mitkommen sollen?«, wollte Jule wissen und Annegret schloss sich dieser Frage an.

Entschlossen schüttelte Thea den Kopf. »Das ist lieb von euch. Aber ich brauche noch eine Stunde allein in dem Café, bevor wir alles vorbereiten. Ich will im Kopf noch einmal alles durchgehen. Ihr kennt mich ja.«

Annegret zwinkerte ihr zu. »Eine Perfektionistin durch und durch.«

Wenige Minuten später stand Thea allein in ihrem Jazzcafé, das später hoffentlich voller begeisterter Gäste sein würde. Die Musiker hatten bereits alles für ihren Auftritt aufgebaut. Sie ließ ihren Blick durch die Räume gleiten und sofort hoben sich ihre Mundwinkel.

Es war wirklich wunderschön geworden. Die riesigen Schwarzweißfotografien bekannter Jazzmusiker wie Ella Fitzgerald und Louis Armstrong sowie die leise Hintergrundmusik sorgten für das richtige Feeling.

An der großen Theke hatte sie nicht viel verändert. Nur die Barhocker waren ausgetauscht worden. Nun stand alles am richtigen Platz.

Annegret hatte gemeinsam mit Nonna gemütliche Kissen für die schmiedeeisernen Sessel genäht und die Zimmerpflanzen und die einzelnen Holzregale mit Schallplatten und Biografien berühmter Musiker sorgten für das passende Ambiente.

Thea gönnte sich einen letzten Milchkaffee, bevor schon bald alle Helfer eintrudeln würden, und setzte sich in einen der gemütlichen Sessel. Zum ersten Mal seit langem spürte sie eine tiefe Zufriedenheit und sie war stolz auf das, was sie gemeinsam mit Hilfe ihrer Freunde und Benedikt auf die Beine gestellt hatte.

♫ As Time Goes By ♫

Frank Sinatra

Probeweise versuchte Anton ein kleines Lächeln. Schließlich lachte er, bevor sich dann leichte Panik in ihm breitmachte. Nervös zupfte er imaginäre Fussel von seinem dunklen Jackett.

»Na, Kurt, was meinst du? Kann ich so gehen?«

Doch sein Hund hob nicht einmal den Kopf, sondern döste weiter vor sich hin.

»Du bist mir ja eine tolle Hilfe.«

Für einen Moment dachte er an all die Aufregung, die sein Leben in der letzten Zeit geboten hatte. Anton schloss die Augen und spürte, wie ihm das Herz sank. Bockig wie er war, hatte er Theas Anrufe ignoriert und damit nicht nur Annegrets Zorn auf sich gezogen, sondern auch den von Benedikt.

»Du verhältst dich kindisch und tust Thea unrecht«, hatte seine Tante gewettert. Doch er war zu sehr damit beschäftigt gewesen, in Selbstmitleid zu baden, obwohl er es seiner Schwester anders versprochen hatte, und wollte ihre Worte nicht hören.

Auch Benedikt war stinksauer gewesen, weil er sie mit den Vorbereitungen hatte hängen lassen und zuerst auch seinen Auftritt mit der Band verweigert hatte. Im Nachhinein hätte er sich in den Hintern beißen können.

Erst nach dem üblen Streit mit seinem Freund war Anton endlich bereit gewesen, zuzuhören. Wenn er nur daran dachte, hatte er einen faden Geschmack im Mund und spürte eine grenzenlose Verlegenheit. Schließlich hatte Benedikt Anton die ganze Geschichte erzählt und ihn über das Missverständnis mit Gustav aufgeklärt. Theas Ex hatte aber auch Nerven! Und wieder war es Anton gewesen, der sich dumm verhalten hatte.

Er konnte nicht einschätzen, ob Thea ihm noch eine Chance geben oder ihn zum Teufel jagen würde. Aber Anton wusste mit absoluter Gewissheit, dass er nichts unversucht lassen würde, um Thea wieder für sich zu gewinnen. Also blieb ihm nichts anderes übrig, als schonungslos ehrlich zu sein. Zu Thea, aber auch zu sich selbst. Es brachte ihn definitiv nicht weiter, wenn er an altem Schmerz festhielt. Das war ihm in den letzten Wochen klar geworden. Er musste anderen eine echte Chance geben. Alles andere war nicht fair. Thea konnte nichts für seine schlimme Scheidung. Es würde nicht leicht werden, das war ihm klar. Doch er würde an sich selbst arbeiten. Immer und immer wieder.

Anton war Benedikt überaus dankbar, dass er ihn gleich bei seinem Vorhaben unterstützen würde. Trotzdem schlug ihm das Herz bis zum Hals.

Es war alles möglich und dessen wollte er sich bewusst sein. Zärtlich strich er über sein Saxophon, das griffbereit neben der Tür stand, und nahm noch einen tiefen Atemzug.

Im Kopf ging er noch einmal durch, was er ihr alles sagen wollte. Schließlich wuschelte er Kurt noch einmal durchs Fell, bevor er sein Instrument schulterte und sich auf den Weg machte.

Ausnahmsweise gönnte er sich ein Taxi und stieg am Regensburger Domplatz aus. Von hier aus war es nicht mehr weit.

Anton beschleunigte seine Schritte. Ein letztes Mal kämpfte seine Angst gegen sein Herz und verlor. Er würde jetzt keinen Rückzieher machen.

Vor dem *Jazzcafé* blieb er stehen und lugte durch das große Fenster. Lautes Stimmengewirr drang zu ihm heraus und er konnte Thea und Jule erkennen, die zackig zwischen den Gästen hin und her flitzten. Da war ganz schön was los! Man könnte meinen, das ganze Regensburger Nachtleben hatte sich heute in Theas Café versammelt. Als ihm das bewusst wurde, verspannte sich sein ganzer Körper.

Die abendliche Brise ließ ihn einen kurzen Moment frösteln. Sein Puls raste und das Herz hämmerte wild in seiner Brust. Ein aufgeregtes Kribbeln überkam Anton, als der Wind durch sein Haar fuhr.

Unauffällig ging er zum hinteren Eingang, so wie es mit Benedikt verabredet hatte. Er biss sich auf die Unterlippe und starrte auf die Tür. Doch es dauerte keine Minute, bis sein bester Freund vor ihm stand.

»Mann, da drin ist ganz schön was los, sag ich dir. Damit hätte keiner von uns gerechnet.« Benedikt rieb sich mit der Hand über die Stirn. »Es herrscht eine absolut grandiose Stimmung. Bist du bereit?«

Und ob er bereit war!

Anton nickte entschlossen. Ein Lächeln huschte über sein Gesicht.

♫ ♫ ♫

»Wow, ganz schön was los«, meinte Jule, als sie vor der Theke auf die Getränke wartete, die Thea gerade in Windeseile vorbereitete, um Jule und deren Freundin Vroni gleich wieder im Service zu helfen.

Annegret bereitete mit Nonnas Hilfe kleine Gerichte in der Küche zu.

Thea bedeutete es viel, dass die italienische Freundin ihrer Vermieterin für diesen Abend extra ihr Restaurant geschlossen hatte, um ihr zu helfen. Nur Sofia konnte nicht kommen, weil ihr Mann unterwegs war und sie keinen Babysitter hatte. Auch Conny vom Buchladen und ihre Lebensgefährtin Betty halfen kräftig mit und kümmerten sich um das schmutzige Geschirr und darum, dass die Tische sauber blieben.

»Ja, ist das nicht grandios?« Thea strahlte über das ganze Gesicht. »Damit hätte ich nun wirklich nicht gerechnet.«

»Das hast du wirklich toll hingekriegt.« Jule lächelte warm.

»Ich habe auch tolle Helfer und liebe Menschen, die mich unterstützen. Ohne euch wäre vieles nicht möglich gewesen.«

Ihre Tochter drückte ihren Arm. »Das hast du verdient, Mama. In wenigen Minuten spielt die Band.« Ihr Blick huschte zu Benedikt und seinen Bandkollegen und blieb dort länger haften als nötig. »Kennst du den Mann mit der Trompete in der Hand?« fragte Jule, ohne ihre Mutter anzuschauen.

»Das ist Bettys Bruder Lukas. Er hat länger in Amerika gelebt und ist erst seit Kurzem wieder hier.« Thea lachte amüsiert. »Der gefällt dir wohl, hm?«

Jule drehte sich zu ihrer Mutter um und verdrehte die Augen. »Ich wollte nur wissen, wer er ist. Nichts weiter, okay?«

Ein wissendes Funkeln trat in Theas Augen und ein weiteres Grinsen huschte über ihr Gesicht. »Deshalb starrst du auch die ganze Zeit zu ihm rüber, oder?«

»Also, Mama, echt jetzt!« Empört stemmte Jule die Hände in die Hüften.

In diesem Moment kam Benedikt zu ihnen herüber. »Thea, wir wären so weit. Ich finde, es käme bestimmt gut an, wenn du vorher ein paar persönliche Worte an deine Gäste richtest.«

»Ich weiß nicht recht. Meint ihr wirklich?«

Thea fühlte sich unsicher und strich mit den Fingern den Stoff ihres Kleides glatt.

»Klar, Mama. Komm, Vroni und ich übernehmen in der Zwischenzeit den Service.« Aufmunternd zwinkerte sie ihrer Mutter zu.

Thea straffte ihre Schultern, atmete tief ein und hakte sich schließlich bei Benedikt unter, der ihr galant seinen Arm anbot.

Ihr Herz klopfte wie verrückt, als sie ans Mikrofon trat. Sie räusperte sich und mit einem Mal wurde es ganz still im Café. Alle Blicke waren auf sie gerichtet. Von hier aus hatte sie noch einmal eine ganz andere Perspektive auf ihr Jazzcafé und erstaunt stellte sie fest, dass wirklich viel mehr Gäste gekommen waren, als erwartet. Manche hatten sogar einen Stehplatz in Kauf genommen. Es waren bekannte Gesichter darunter, Kunden aus dem Buchladen, Freunde von Benedikt aber auch sehr viele Leute, die Thea noch nie zuvor gesehen hatte. Dabei hatten sie gar nicht viel Werbung gemacht, sondern auf Mundpropaganda gesetzt, was viel mehr Wirkung zeigte, als gedacht.

»Liebe Gäste, ich freue mich von Herzen, dass ihr heute alle gekommen seid, um die Eröffnung des *Jazzcafés* mit uns zu feiern. Ich hoffe, dass ihr euch hier wohlfühlt und den Abend in vollen Zügen genießt. Jetzt freue ich mich auf den Auftritt der wunderbaren Band *Jazzflow*. Ich wünsche euch allen eine gute Zeit hier bei uns.«

Theas Wangen färbten sich rot, als ihre Gäste applaudierten.

Als sie gerade zurück zur Theke gehen wollte, tippte ihr von hinten jemand auf die Schulter. Thea drehte sich um und blickte in das Gesicht von Annegret, die bis über beide Ohren grinste.

»An deiner Stelle würde ich eine kurze Pause machen und mir die Band anhören.« Sie zog Thea zurück in Richtung Bühne.

Gerade wollte Thea ihre Vermieterin fragen, was das sollte. Doch Annegret brachte sie mit einer einzigen Handbewegung zum Schweigen.

Theas Augen weiteten sich vor Überraschung, als sie erkannte, wer dort oben mit den anderen *Jazzflow*-Mitgliedern auf der Bühne stand und sie schüchtern anlächelte. Sie hatte mit Vielem gerechnet, jedoch nicht damit, Anton heute Abend hier zu sehen.

Ihr Atem ging stoßweise und ihr Herz machte einen freudigen Hüpfer. Gegen ihren Willen spürte sie wieder dieses warme Kribbeln im Bauch, so wie immer, wenn sie sich in Antons Gegenwart befand.

Sie hielt die Luft an, als Anton ans Mikrofon trat.

»Liebe Gäste, auch von mir ein herzliches Willkommen und schön, dass ihr alle da seid. Wir sind die Band *Jazzflow*.« Anton hielt für einen kleinen Augenblick inne, als die Leute klatschten. »Normalerweise spiele ich immer das Saxophon, doch bei unserem ersten Lied mache ich heute eine Ausnahme und übernehme den Gesangspart.«

Er lächelte Thea warm an. Sie war gespannt und verzog keine Miene.

»Unser erster Song ist *As Time Goes By* von Frank Sinatra. Dieses Lied widme ich der Frau, an die ich mein Herz verloren habe. Ich hoffe, sie kann mir verzeihen.«

Anton schloss die Augen, als auch schon die erste Melodie erklang.

Die Härchen auf Theas Armen stellten sich auf. Ihr war nicht bewusst gewesen, dass Anton so eine wunderbare Stimme hatte.

Sie beobachtete ihn aufmerksam und schließlich trafen sich ihre Blicke. Die beiden hatten sich unendlich viel zu sagen.

Als die letzten Töne verklungen waren, brach tosender Applaus aus. Benedikt und die anderen spielten das nächste Lied, während Anton von der Bühne kletterte und auf Thea zukam. Aus den Augenwinkeln konnte sie erkennen, wie sämtliche Augenpaare neugierig auf sie gerichtet waren.

Vorsichtig nahm er ihre Hände in die seinen und Thea wehrte sich nicht.

»Das war wirklich schön.«

Das Lächeln in seinem Gesicht wich einem aufrichtigen Strahlen. »Ich freue mich, dass es dir gefallen hat. Das bedeutet mir viel. Können wir kurz reden?«

Thea ließ ihren Blick durch das Café schweifen.

Annegret, die immer noch neben ihr stand, zwinkerte ihr verschwörerisch zu. »Geh ruhig, Thealein. Ein paar Minuten schaffen wir das schon allein.«

Thea zog Anton hinter sich her, hinaus in den Hinterhof. Draußen war es kalt und Thea schlang die Arme um sich. Anton zog sein Jackett aus und legte es Thea um die Schultern.

»Danke«, flüsterte sie. »Irgendwie erinnert mich das an unsere erste Begegnung.«

Anton strich ihr eine Strähne aus dem Gesicht. »Es tut mir leid, Thea. Ich habe mich dumm verhalten. Mehr als einmal. Ich hatte einfach Angst und mir ist klar geworden, dass ich dich nicht dafür verantwortlich machen kann.«

Thea senkte den Blick und sah ihm schließlich in die Augen. »Das mit Gustav konnte man auch leicht missverstehen. Aber es hat mich verletzt, dass du dich einfach zurückgezogen hast, ohne es mich erklären zu lassen. Bei den Vorbereitungen hast du uns auch hängen lassen.«

»Ich weiß. Denkst du, wir haben noch eine Chance?«

»Das werden wir erst dann herausfinden, wenn wir es miteinander versuchen.« Ihre Stimme klang heiser.

Anton ließ sein Kinn sanft auf ihre Schulter sinken und strich mit seiner Nasenspitze über die weiche Haut an ihrer Schläfe. Er ließ seine Lippen über ihre gleiten und küsste sie zuerst sanft, dann fordernder.

»Ich würde dir das Ganze gerne erklären, Thea.«

Ihr Blick war voller Wärme. Ein Lächeln huschte über ihr Gesicht. »Ich will unbedingt hören, was du mir zu sagen hast. Aber ich glaube, langsam sollten wir wieder reingehen. Ich muss meine Gäste bedienen und dein Saxophon wartet auf dich.«

Anton zog sie in seine Arme und küsste sie erneut. »Schon in dem Moment, als du in den Rosen festhingst, hast du mein Herz erobert.«

»Was hältst du davon, wenn wir morgen mit Kurt spazieren gehen und reden?«

Anton nickte. »Das wäre sehr schön.«

Thea nahm ihn an der Hand und gemeinsam traten sie zurück in das volle Café.

Immer wieder huschte ein Lächeln über ihr Gesicht, während sie weiter ihre Gäste bediente und ihr Blick immer wieder hinüber zu Anton schweifte.

Thea hatte es geschafft. Ihr Traum vom *Jazzcafé* hatte sich verwirklicht und auch die Liebe würde in der nächsten Zeit nicht zu kurz kommen. Die Schmetterlinge in ihrem Bauch schlugen fröhlich Purzelbäume und der Trubel im Café ließ das Blut schneller als gewohnt durch ihre Adern rauschen.

Sie fühlte sich in diesem Moment unbeschreiblich glücklich.

♫ Playlist ♫

A Man and a Woman – Ella Fitzgerald

You Stepped out of a Dream – Sarah Vaughn

September in the Rain – Dinah Washington

Don´t Wait Too Long – Madleine Peyroux

They Can´t Take That Away From Me – Ella Fitzgerald

Just in Time – Dean Martin

Solid as a Rock – Ella Fitzgerald

You´re Nobody Til Somebody Loves You– Dean Martin

Don´t You Worry ´Bout A Thing – Cal Tjader, Carmen
McRae

He´s A Tramp – Peggy Lee

Baby (You´ve Got What Itt tTakes) – Dinah W. , Brook B.

It´s a Lovely Day Today – Ella Fitzgerald

My Baby Just Cares For Me – Nina Simone

Can´t We Be Fiends – Ella Fitzgerald, Louis Amstrong

Fever – Peggy Lee

Dream a little Dream of Me - Ella Fitzgerald, Louis A.

The Way You Look Tonight – Tony Bennet

What a Difference A Day Makes –Dinah Washington

Get Happy – Rebecca Furguson

Love Is Here To Stay – Billie Holiday

I Can´t Give You Anything but Love – Dean Martin

I´d Rather Go Blind - Etta James

Time After tTme – Dinah Washington

I´m Through With Love – Lorez Alexandria

It´s a Big Wide Wonderful World – Betty Carter

As Time Goes By – Frank Sinatra

Danke

Vielen Dank an euch liebe Leserinnen und Leser, dass ihr meine Bücher kauft, lest, rezensiert und meinen Traum vom Schreiben unterstützt. Ich freue mich über jede Nachricht, jeden Post auf Facebook und Co. und über jede Rezension, die ihr zu meinen Geschichten schreibt.

Danke an meine Lektorin Cara, die mit mir gemeinsam das Beste aus meiner Geschichte herausgeholt hat und an Smilla, die ein wachsames Auge auf Rechtschreibung und Grammatik hatte.

Vielen Dank auch an meinen Grafiker Torsten, der wieder ein wunderschönes Cover für mein Buch entworfen hat.

Ein riesiges Dankeschön geht auch an Susi und Flo, die mich immer so großartig beim Verkauf meiner Taschenbücher unterstützen.

Danke an meine wunderbaren Verwandten und Bekannten, die immer fleißig die Werbetrommel für mich rühren und mich unterstützen.

Außerdem danke ich meinen Freundinnen und meiner Familie, besonders meinem Mann und meinen Kindern, die mir stets den Rücken frei halten und an mich glauben.

Über die Autorin

Susanne Kammerer lebt mit ihrer Familie in Bayern.

Vormittags schreibt sie Geschichten und nachmittags ist sie als Taxifahrerin für ihre Kinder tätig. Wenn sie nicht gerade in die Tasten haut, näht und liest sie gerne oder genießt einen ausgedehnten Waldspaziergang mit ihren Lieben. Außerdem hat sie eine Schwäche für Spaghetti mit Tomatensoße und die Gilmore Girls.

Besucht mich gerne auf meiner Homepage:

www.susanne-kammerer.de

oder schreibt mir eine E-mail:

info@susanne-kammerer.de

Ich freue mich auf euch!

Pastablues

Als Sofia ihren Mann Nik in flagranti mit einer anderen erwischt, will sie die Trennung und zieht zu ihrer Mutter. Doch das ist gar nicht so einfach. Denn gemeinsam mit ihrem Noch-Ehemann führt sie ein erfolgreiches Restaurant.

Zu allem Unglück kündigt auch noch Sofias Nonna aus Italien ihren Besuch an, um sich bei ihrer Enkeltochter und deren Ehemann von einem Herzinfarkt zu erholen. Da die resolute und strenggläubige Großmutter von Scheidungen nichts hält und Sofia sich um deren Gesundheit sorgt, überredet sie Nik kurzerhand, für die Zeit während Nonnas Besuch wieder mit ihr zusammenzuziehen und das glückliche Paar zu spielen. Doch Nonna reist keineswegs alleine an. Im Schlepptau hat sie einen attraktiven Italiener, und zwar ausgerechnet Marcello, der bei Sofia nicht nur in ihrer Teenagerzeit für Herzklopfen gesorgt hat.

Traumtyp per Mausklick

Buchhändlerin Luisa ist eigentlich überhaupt nicht auf der Suche nach Mr. Right. Doch als sie auf einer Datingplattform den geheimnisvollen 007 trifft, ist sie sofort fasziniert und will ihn unbedingt kennenlernen.

Jonas führt ein Leben, um das ihn viele beneiden. Als berühmter und gefeierter Musiker braucht er sich um Geld keine Sorgen zu machen, und die Frauenherzen liegen ihm zu Füßen. Doch so richtig glücklich ist er nicht. Als er beim Chatten L.A. Woman begegnet, geht sie ihm nicht mehr aus dem Kopf. Zu gerne würde er sie treffen. Doch wie wird sie reagieren, wenn sie erfährt, wer er in Wirklichkeit ist?